U0010269

褚士瑩

地球人的英語力

正式進入《地球人的英語力》之前，先給你學習語言的50個Q&A！

這些由讀者或網友所提出的50個學習語言問題，有的也許曾經困擾過你，有的也許你從來沒想到過！

褚士瑩用他的嶄新觀點，一一都詳細回答！

其中還有許多從讀者問題中才激盪出的獨特見解與靈光乍現，也讓你了解：學會一種新語言，真的沒有那麼難！

Q1 學習新的語言，最大的困擾是要開口時，常常腦袋一片空白，怎麼樣讓我有句子？是背書嗎？不知有何建議。

A 找「落點」！

還記得小學體育課，第一次跳箱的經驗嗎？明明知道要跳過去，但是跑到跳箱前面10公分的時候，就因為內心「怕會跳不過去很痛又很丟臉」的恐懼，硬生生踩急煞車停下來的經驗嗎？後來又是怎麼跳過去的呢？

跳箱的訣竅，在於只專注兩隻手要在跳箱上小小的「落點」，而不是去想整個跳箱的長度寬度跟高度。跳遠也一樣，眼睛專注看著雙腳在沙箱上的落點，自然就會跳得遠。打保齡球的時候，我們不也都看著遠方的某一支球瓶嗎？如果規定要一直看著手上的球，或是同時要看十支球瓶的話，就算是國手也會突然腦筋一片空白吧？

語言就是整個看起來巨大的跳箱，但是說話就只是一個落點的問題，點用咖啡時，「Coffee Please！」就是一個落點，只要落點對了，接下來的對話自然就會順理成章。

Q2 你覺得學習語言最大的忌諱是什麼？

A 學語言，最忌諱告訴自己要「先學好了才能用」。

如果沒學好就不能用，那麼我們連中文恐怕都沒辦法說了，因為即使我寫了超過四十本書，也還沒覺得自己的中文夠好。

嬰孩每學一個字，就洋洋得意的重複使用，因此得到大人們的讚美，在這樣的過程當中，一邊聽一邊模仿，逐漸累積了很多的字彙，很自然的學習了語言的結構，學語言，等於是拿著成年人的心智，回到小嬰孩牙牙學語的階段，卻不需要別人換尿布或餵奶，所以應該是更加簡單的事才對啊！

嬰兒絕對不會把剛學到的字埋藏在內心深處，等需要的時候才拿出來使用，學到哪裡，就記得用到哪裡，才是王道！

Q3 哪一國語言你覺得最難？

A 在學過的語言當中，我覺得維吾爾語最難。因為語言本身是土耳其語系，但是書寫卻是使用阿拉伯文字母拼音，難怪隨便路上一個維吾爾人，都可以輕易使用五、六種語言，包括塔吉克語、吉爾吉斯語、哈薩克語等等，因為部落社會有時還是成見很深，聽說如果在必要的時候，沒有辦法向對方說出絲毫沒有腔調的語言，偽裝成對方的族人，還可能惹上殺身之禍，這樣看來，我覺得難，可能是因為把外語學好的壓力，不像維吾爾人那麼大吧？

Q4 你有很多不同版本的字典嗎？

A 無聊找不到書看的時候，我有拿字典當課外書的習慣，有時隨便翻上一頁，就逐字逐行津津有味的讀起來，所以在書店看到

好像很好看的字典，就會隨手買回家，經你這樣一問，才覺得自己好像有點休誇怪怪。

另外我喜歡買國外的字典，因為這樣覺得可以同時學一個新語言，複習一個舊語言，比如說我在剛開始學習泰文的時候，會特地買日文跟泰文互譯的字典，而且找用日語教學的泰語班，這樣就可以一石兩鳥。

Q5 聽到新的句子，你會記筆記嗎？還是自然而然記得的？

A 我會隨身趕快把覺得很有用的新句子，先隨手寫在餐巾紙上，回家以後有空時謄寫在我的單字卡上，這些單字卡就會隨身帶著，如果時間很零碎（比如說還有兩分鐘列車就要來的捷運月台），既不適合使用電腦，也沒辦法看書，或是顛簸的車上，就可以把這些單字卡拿出來看，因為沒有考試的壓力，純粹是當作好玩的事情在做，因此一點都不覺得麻煩。

Q6 你學習的語言是因為實用才學習嗎？

A 我有一個英國朋友，他的兩個堂哥是雙胞胎，兩個都是怪咖，專門喜歡研究已經完全沒有實用價值的拉丁文，還因此翻譯拉丁文版的哈利波特，樂此不疲，我這人比較膚淺，沒有計畫使用的語言，就不會特地去學，畢竟世界上有趣的事情值得學習的太多了啊！如果你要去學沒有要用的語言，建議還不如去學拳學瑜伽，這樣有空還可以來幫我鬆弛一下打電腦時間過長緊繃的肩膀。

Q7 你認為愛學語言是所謂用功的人嗎？

A 愛學語言的人是對世界充滿好奇心的人。

　　想親自聽到別人怎麼說，而不是透過別人的翻譯和講解，通常是學習語言的主要動力，因此與其說是用功，正確一點來說，應該是對學習這件事情有熱情，對世界有好奇心，比如我們會很想知道，家裡的寵物，無論是小貓，小狗，還是鳥兒，究竟在說甚麼，對了，就是那種心情，讓我去學外語的啊！

Q8 你會建議學習哪一國語言，當第二外國語。

A 學習一個最有可能使用的語言，當第二外國語，應該是最自然的，就像維吾爾人必須學塔吉克語，不然沒辦法做生意，反映一種實際的需要，自然就會學得快一點，如果只是一種浪漫的情懷，比如說不是學者，卻特地去學沒什麼人在使用的世界語，或是已經死亡的古埃及文、拉丁文、滿文，雖然從求知的角度，或是另類職涯發展的角度（這三種語言的翻譯都炙手可熱，學好了無論是哈佛大學還是大英博物館，都會很樂意重金聘請你的），都很有意思，但是做為第二外國語，就不大切合實際了。

Q9 哪一國的語言你覺得最好聽？

A 聽不懂的都比較好聽，不是嗎？

　　我常常在想，如果一旦真的聽懂我家的狗在說什麼，我可能很難像現在一樣那麼愛牠吧？

　　畢竟大部分的語言，大部分的人，大部分的時候，都在講著無聊的事情啊！

Q10 我們常可以用英文和老外溝通但文法不正確，你會覺得文法很重要嗎？

A 文法當然重要，但是溝通又比文法重要，如果文法不對，造成無法溝通的時候，就是要加強文法的時候了，但是絕對不是在學習一個語言的第一階段，如果嬰孩要先學文法才能叫媽媽，那這個世界恐怕會變得很安靜。

　　法國有一個小學，教學時並不特別強調文法，但是鼓勵學生時常寫信給當地的政治人物，或是投稿到報紙，學生在寫信的同時，很快的就意識到總不能每次都只用本來就知道的那些字跟句子，也發現寫得優美的信，通常才會得到注意，因為這樣，才回頭主動去學習文法和句型，也就是說，先發掘文法的重要性，才針對這個很實際的需求來學習，效果自然會比在根本還不知道文法有什麼重要時，就照單全收，來得有效得多。畢竟文法就像歷史，有些需要知道得很詳細，有些則大概知道就足夠了，如果把所有的文法規則或是所有的歷史事件，都要當作同等重要來背誦，可能除了上益智節目賺獎金外，沒有什麼特別的用處吧？

Q11 你花過最久時間學習的是哪一國語言？

A 中文。從出生到現在還在學。

Q12 開始學習一種新語言時，都是從句子記憶，還是單字？

A 這應該是像變形金剛或是芭比娃娃吧？ 總要有個身體，才能換造型，句子就是那個身體，單字就是不同的衣服、髮型、鞋子，沒有一個身體，只有很多小配件，難道不會覺得有點怪怪的嗎？

Q13 若是沒人與你對話，你如何自修語言，有什麼好方法嗎？

A 這個問我就對了，因為我就是那種很不喜歡跟人家聊天的那種人，所以獨處的時候，我有四個學語言的工具：

在書包裡隨時放一疊單字卡或袖珍字典，這樣可以隨時隨地用零零碎碎，完全沒辦法做其他任何事情的時間，來學習語言，只要有15秒的空檔，就足夠學一個新的字。

上語言學習的免費網站，很多網站每個單字或句子旁邊，還有附聲音檔，點下去就可以聽的那種，把喇叭開到最大，確保沒有聽錯或聽漏。

如果不能上網的時候，筆電裡隨時插著一片語言書附贈的CD，不用拿出來，心血來潮的時候就可以隨時聽一下，三分鐘五分鐘都好，當作是休息。

現在網路很方便，頻寬又很夠，所以可以在平常使用電腦的時候，到國外當地電台網站，就把收音機開著，當作背景音樂，音調聽久了就會增加熟悉感，時常出現的字，像是台呼裡出現的數字，或是Call-in節目裡慣常的招呼語，工商廣告不斷出現的產品，自然而然就會像鸚鵡那樣學起來。

Q14 學過最有趣的語言是哪一個國家？

A 世界上難道有不有趣的語言嗎？

但是世界上最有趣的文字，恐怕是非洲的Eritrea（右圖），我第一次看到，是在羅馬一個小巷子中，某個教堂門口的告示，簡直不敢相信世界上真的有寫成這樣的文字，忍不住問門口乞討中的老

እንደህ፡ለእሙ፡ወሰየም፡የሱቆብ፡
ሰራሔሳወጸርጓፖ፡በታሳ፡ወበ
ከየ፡ወ፱ጀሃ፡ለራሔል፡ከሙ፡
ወልጀ፡እንቱ፡ለሰባ፡ወእታ፡ወ
ከሙ፡ወልጀ፡ርበታ፡ወእተ፡
ወሮጸታ፡ራሔል፡ወአጀጀጀ
ለእኩሃ፡ዝታ፡ነገፈወሰበ፡
ስምዓ፡ሰ፡ቃ፡ከሙ፡ያ৫ቃብ፡ወ
ልጀ፡ርበታ፡እጓ፡ር৫፡ወ፱ቀ
በዬ፡ወሐ৫ፈ፡ወሰዓም፡ወ৴ሰ
ጀ፡ቤ፡ወነገር፡ሰባ፡ክ৴ሳ፡
ዝ৴ታ፡ነገፈወ ጀ৴ ለ፡ለቡለ
ያ৫ቃብ፡እም৴፡፱ጀም፡፱፡ወጸም
ኤ፡ሠ፡ገ፱፡እጓታ ወ ነበረ፡ምስ৴
ሁ፡ወሰባ፡ መዓ ሰ৴ይ
ወጸ৴ ሰ፡ ሰባ፡ ለ ያ৫ ቃብ፡ እ
ከም፡ እ৴ ፡እ৴ ታ ፡ እ৴ ቻ ቀ ኒ ፡
ሊ ታ ፡ በ ኩ ፡ ገ ৪ ৫ ፡ ወ ስ በ ከ ፡
৴ ታ ፡ ወ እ৴ ታ ወ በ ታ ፡ ሰ ባ ፡ ክ ৴
ኤ ፡ አ ዋ ለ ጀ ፡ ከ ም ፡ ለ እ৴ ታ ተ ላ

太太，他們這個教會的人是從哪個星球來的，也第一次感覺到微軟要製作出世界上那麼多語言版本的Words軟體，真的是很難賺啊！也因為這樣，我才知道原來義大利的社會，存在著這樣大的非洲難民問題。

Q15 曾有過因為語言不通，發生讓你印象深刻的窘況嗎？

A 學習一個新語言時，常常會犯一個錯誤，就是把已經準備好要說的話，背得滾瓜爛熟，結果對方覺得你說得很溜，或根本誤會把我當本地人，結果接下來對方說得口沫橫飛的話，我卻一句都聽不懂，等到對方終於回過神，竟然發現我原來完全不行，還得想辦法解釋，真的很糗，有時候還會被以為我是假裝的（就像有些人在路上被警察臨檢會冒充偽歪果仁那樣），從此以後我決定如果對方的回答我可能聽不懂，寧可一開始就讓人家知道，免得自找麻煩！

Q16 你目前最常使用的語言是……？

A 那要看你問的是哪一天？

Q17 你平均一天花多久時間在語言學習上？

A 從十五秒到一小時不等。
　　有時候，我沒機會學語言，身邊連單字卡也沒帶，只好自己找機會，比如一面做仰臥起坐的時候，會強迫自己一面用比較生疏的外語，或是準備下一個要去的國家的語言來數數，讓自己有機會可以接觸一點外語，我發現只要從記憶中每多溫習一次，就

會多在腦海中多停留至少三個月的時間。

Q18 以舉出你最喜歡的五個單字嗎？為什麼喜歡？（不限英文）

A Giethoorn：荷蘭語中的「羊角」，光是聽起來就有又尖又彎的感覺。

Jaiyenyen：泰語裡要人寬心，別憂慮，請你「心涼涼」，光是聽，無論天大的不如意，火氣就消了一半。

Pupu-chacha：緬甸語中形容沸騰，念出來就有滾水的生動語感。

salam：巴勒斯坦人和以色列人水火不容，但無論在阿拉伯語與或是猶太語中，平安卻是同一個字眼，好像暗示在遠方有著一盞和平的曙光。巧合的是，韓語中的「愛」，也是同樣的發音。

七面鳥：火雞在每個語言中聽起來都很醜——除了日文以外。

Q19 可以舉出你最不喜歡的五個單字嗎？為什麼？（不限英文）

A Ju-ju-e：緬甸話中的「塑膠袋」，要正經八百說出來真的有點難為情，而且一聽就感覺好像聽到塑膠袋窸窸窣窣的聲音，立刻就會起雞皮疙瘩。

floccinaucinihilipilification：這是世界上最長的非專有名詞英語字彙，是個名詞，意思是一文不值，我不喜歡的原因，除了太做作之外，最重要的是，根本背不起來啊。

癇癪玉：日語發音是kan-shaku-tama，原本是爆竹的意思，後

來說「癇癪玉を破裂させる」就是說人火氣上來一下子抓狂。

　　prego：在義大利每天會聽到上百次，因為無論是請坐下，還是對不起請再說一次，沒關係，或是您先請，不客氣，請盡量，統統都用prego一語帶過，方便是很方便，但是也未免太好用了吧？

　　피부색：「皮膚色」這詞在韓文跟中國大陸的中文裡，都還在用，我記得小時候上美術課，36色彩色筆裡面還有所謂的皮膚色，現在想想，這個詞真是充滿了無知跟歧視，有誰規定皮膚的顏色，都要是東北亞人種的顏色呢？

Q20 你花最長時間學習的語言是……？花最短時間學習的語言是……？

A 中文花了我最長的時間學，真的，學了一輩子，還覺得沒學好……

　　至於最短的，大概是廣東話跟上海話吧？學廣東話的時候，我還記得是請香港來的僑生同學，買了一本言情小說，然後就一句一句跟著老師念：「……呢過就容易嘞，先唔洗咁驚青，定 d 嚟。人哋都就走咯，橫又死掂又死，衰咗都唔怕以後見到面懵，係無有怕o架。係你發揮小宇宙嘅時候……不過唔好食煙啦，個肺好大害，出事瞓硬無得整，加上女仔唔鍾意……慳返 d 煙錢去追女仲好呀……」然後才發現用廣東話很難講正經事……

　　至於上海話，則是我在上海工作時，趁打掃的龐阿姨來工作的時候，趁機向她學，結果說出來的都是菜市場歐巴桑的八卦：「……旁友，现在越是条件伐好額女額讲究了越多，宁嘎牙娘钞票阿伐是偷来抢来額，将心比心，自嘎牙娘額钞票捏姆額，宁嘎

牙娘额钞票就伐当钞票啦，伐卓心额，太太平平，门当户对。丈人丈母娘就算对侬好，阿是看了女儿的面子上，真的以为宁嘎会德当弄侬是倪子啊……」

這兩個方言，最後都是因爲覺得跟自己不合，太尷尬實在講不出口，最後只有搭計程車的時候講講地名，頂多上餐館時點個菜，其他時候就算會聽會講，也寧可裝聾作啞，原來語言跟人也有八字不合的啊！

Q21 你覺得學習語言最笨的方法是什麼？

A 抱著語言教科書從頭到尾用看的。

Q22 我聽過有人說自己學習語言的腦像3M海綿……忽然一下子什麼都吸收了……形容一下你學語言的腦是……？

A 我覺得自己學習語言的記憶體，有一點像是不怎麼高階的電腦的存檔備份，沒有連結伺服器，平常沒什麼用的時候，就會進入壓縮檔，要用的時候才叫出來，雖然要一點時間，但是只要付出努力學過的，無論隔了多久，花點工夫還是可以把這些蒙塵的舊檔案調出來，只要儲存過的檔案，是不會完全刪除的！

Q23 如果你的人生可以重來，你希望當哪一國人？

A 哪一國都沒關係，但是最後還是小國，或是某個原住民部落，那我就可以自然而然多學習幾種語言，因爲想要跟外界溝通，就有學語言的需要，如果出生在以英語爲母語的國家，恐怕會太懶惰，因而失去學外語的動力。

Q24 覺得這世界上哪兩種語言是最不合的？

A 跟我最不合的，大概是廣東話跟上海話吧？ 原因請見第20題。

Q25 碰到陌生的外國人，最親切又不失禮貌的第一句問候語是什麼？

A 「哇！我沒想到你本人竟然這麼好看！老天爺也未免太不公平了！」
　　不管對方是張三李四，燕瘦環肥，就算明明知道你言不由衷，也會笑得很燦爛，花枝亂顫不可控制吧？

Q26 不小心冒犯陌生的外國人，最有禮又能準確傳達歉意的句子是？

A 那就學義大利人那樣，用「prego！」一語道盡吧！

Q27 對你來說，語言程度學得「好」的判定標準是？學得「不好」的判定標準是？

A 所謂學得好，就是學到的都有用到，至於學得不好，恐怕就是學得多，卻用得少吧？

Q28 「聽、說、讀、寫」中，哪一項能力最該先搞定？哪一項放在最後才上手也沒關係？

Ⓐ 依照邊際效應跟投資報酬率的大小，我覺得應該是「說→聽→寫→讀」這樣的順序，但是這應該是開始時間點的先後順序，彼此重疊的，而不是四個分成先後四段，先會說了，才開始學聽力訓練喔！

Q29 你相信有語言天分這回事嗎？如果真的沒有語言天分，勤能補拙嗎？

Ⓐ 你相信有人對經營婚姻很有天分嗎？如果真的沒有經營婚姻的天分，可以勤能補拙嗎？

無論是學語言或者是學習怎麼當一個好丈夫、好妻子、好爸爸、好媽媽，重點都不在於有沒有天分，當然你可以說某人天生就是個當好丈夫的料子，這樣的人在英語裡面被稱之為「family man」，每個人都知道這是因為他很有決心要把這個家庭經營好，並不是因為有顧家的天賦異稟。

Q30 和中文文法最接近的語言是？

Ⓐ 我不知道世界上有哪個語言的文法跟中文類似，但我相信就算有，語感也會大異其趣吧？

大部分的亞洲語言都跟中文的思考邏輯很類似，那就是所謂的「後重心」，有著所謂「起→承→轉→合」的思考順序，但是文法卻很不相同。

我最羨慕說馬來語或是印尼語的亞洲人了，因為這兩種語言基本上沒有所謂的文法，只要把所有要說的字放在一起，基本上很難出錯，但是中文雖然有著文法，卻處處充滿了例外，這是為

什麼外國人學中文那麼困難的原因之一，因為規律性不夠，強調「語感」更甚於「語法」，所幸中文沒有什麼時態，否則我們的中文可能會比現在更菜。

馬來語跟印尼語的文法相同，日文和韓文語法也幾乎相同，這些語言兩兩之間的語感卻截然不同，我們也都感覺得到，台灣說的中文跟大陸說的中文，結構相同語感卻很不同，就是很好的例子，文法不是決定語言的關鍵，語感才是勝負關鍵！（這種句子立刻會產生料理王比賽的現場感……）

咦？說到這裡，我才想到有人問我語感嗎？為什麼我自己回答的那麼慷慨激昂？（搔頭）

Q31 構成句子最重要的是單字、詞性、句型、還是文法？

A 都不是！構成句子最重要的是「語感」，就像構成美食最重要的，不是食材、鍋具、刀工，也不是調味佐料，而是廚師把這些東西組合在一起的那個「勢」，這是有時候我們覺得某個廚師架式十足，某個調酒師很炫，或是某個髮型設計師很厲害，其實都是那個「勢」，把這些元素在瞬間完美組合的能力，相信他們本人也很難把其中的構成，一一分開來說明，就算勉強這樣做，我們外行人也無法複製出一模一樣的效果。

句子的構成，也是在於一個「勢」，一種姿態，或者說，就是語感的拿捏。

說到語感，日語大概是跟中文相似、知識分子特別重視語感的少數語言之一，因此很多無法精確翻譯的名詞，像是Urushi（うらし），中文翻成「絞染」我們就能理解這種染布的工法，但是西方語言卻怎麼樣也無法精確描述出這種不規則的染布技術，很大的原因是，不規則做為一種規則，在西方是哲學家才能

理解的事情，但是在東方，卻是一種常識。

　　漆器是另外一個例子，英文只能翻成lacquer的這種工藝品，每個中國人或日本人，韓國人都很清楚，此漆非彼漆，「漆」有層次感和流動性（水字邊的部首），隨著與木質結合的過程（桼），會產生絕佳的美感和韻律感，但是英語裡能理解的lacquer卻是一種堅硬的材質，因此很難產生欣賞的價值，這就是語感。

　　伊朗有一個母親Parvin Fahimi，向政府抗議十九歲的兒子Sohrab在2009年總統大選後示威行動中被政府槍殺，她說：「這些孩子都像天使般無邪，就像花朵散發著美好的芬芳，吾子現在屬於全伊朗人民！」這樣的說法，語感中帶著波斯語獨有的古典浪漫，跟伊斯蘭信仰的堅毅，聽得讓人起雞皮疙瘩，但是如果這話換成一個中國人用中文說出來，就會顯得很造作，不知道哪裡怪怪。

　　就像做菜，材料要好，刀要鋒利，鍋鏟要乾淨，佐料要適量，但是最後決定句子是不是成功，就取決在對語言的感覺掌握能力了。

Q32 當我一個單字背100遍再忘記100遍，我是不是就該放棄它了？

A 要相信物質不滅定律，只要下工夫去記憶過的，或許無法讓我們一一在益智問答中立刻作答，但都是確確實實存在腦中的檔案，端看我們懂不懂得下正確的指令，適時地把這個檔案用正確的程式開啟，每儲存一次，檔案就會更新，找到跟另外一個單字的關係時，把舊檔案抓出來跟新的字一起另存新檔，就會逐漸把單字與單字之間的關係建立起來，檔案裡面有越多的單字，找到

關係的機會也就越多，就好像洗完衣服剩下一只的襪子不要隨便扔掉，因為不知道什麼時候，會找到另外一只配對成功！

Q33 英式英語和美式美語在學習上的差別是？

A 了解英式英語比美式英語困難，原因是英式英語的使用者，雖然人數較美式英語少很多，但是如今還繼續使用很多俚語跟各地的地方方言，所以要完全聽懂每一個英格蘭、愛爾蘭、威爾斯的每一個城市，每一個鄉村的人在說什麼，對於美國人來說都是件吃力的事情，更不要說母語不是英語的外國人，比如說有個台灣留學生，就曾經沾沾自喜地跟我說：

「我在英國，那些女生都很哈我，尤其去買東西的時候，每個都跟我打情罵俏！」

「不會是真的吧？」我忍不住多看一眼他的寒酸相，是不是有什麼優點是沒有辦法一眼看出來的，但是上下打量了幾次，沒有就是沒有。

「他們都怎麼跟你打情罵俏？」我決定問個水落石出。

「我只是去買瓶一磅五分錢的汽水，也會受到性騷擾，收錢的歐巴桑會說：『one pound 5 p love.』你看這什麼跟什麼嘛！還當著大家的面叫我「吾愛」，你看看這怎麼得了，人家聽到了搞不好還以為我們有什麼曖昧。」

我忍不住大笑起來，因為在英國北方，尤其是東北方跟約克夏，就算渾身毛茸茸的酒保，也會稱任何男女客人為「love」，跟愛不愛一點關係都沒有啊！但是我決定不要跟他說，免得他自信心受傷，到時候博士學位沒拿到，我可擔當不起。

相對來說，美式英語有一種普遍的標準，所以比較容易理解，但是兩種版本在主動學習上，並沒有很大的區別，最大的差

異在於是否能理解對方。

Q34 學習語言似乎和邏輯息息相關，那麼平時要怎麼加強邏輯能力？

A 我雙手贊成把邏輯當成一門外語來學習，至於怎麼加強邏輯能力，可能要從少看台灣的有線電視節目開始，什麼專用湯匙刮出小臉美人之類的，看多了會覺得有道理，一旦中毒過深，就很難有清晰的頭腦。

Q35 最推薦的學習語言工具書是？

A 免費的都很好。線上的也不錯。但是最好的，還是家裡已經有的。

　　我們缺乏的不是另一本語言工具書，而是「學習」，只要真的想學習，就算安裝程式的軟體說明書，都可以拿來當教材。

Q36 最推薦的線上字典網站或線上翻譯軟體是？

A 很不幸的，線上沒有夠好的翻譯軟體。大概知道個約略或許有點幫助，至少知道這個網站是在講外科手術還是電視節目，但是除此之外，老實說對學習的幫助不大。

　　另外我個人並不贊成安裝線上字典，就是只要輕輕點在一個字上，或是一點滑鼠的右鍵，任何一個單字的中文翻譯就會自動顯示的那種，因為我們一定會專注在看熟悉的語言，而不會去注意原文或整體的語句，我建議還不如只有在真正需要的時候，才到線上字典的網站上去查詢，或是直接翻字典，這樣才有可能真

正的學習。

　　如果每一個字都得翻字典，可能表示你認識的英文字加起來還不到850個，那就請從把這本書的附錄中那850個基本字確實學好開始，如果一個語言連850個字都不認得，那怎麼有可能運用呢？

Q37 英文建議一定要讀的英文小說或散文是哪本？
學日文建議一定要讀的英文小說或散文是哪本？
學韓文建議一定要讀的英文小說或散文是哪本？
學泰文建議一定要讀的英文小說或散文是哪本？
……（其他語言也可多多提供）

A 請發問的人，等到已經有能力用這些語言確實看懂藥品的使用說明書，包括可能的功效跟副作用，再來問我要讀什麼小說吧？不覺得現在問這種問題，稍微有點遙遠嗎？（翹首凝視遠方貌）

　　另外，學泰文一定要讀的英文散文是哪一本？學韓文一定要讀的英文小說是哪一本？難道你會建議學中文一定要讀的英文小說嗎？你真的不覺得這樣問有點讓人暈眩嗎？建議要先去看健保有給付的身心科的醫生。

Q38 你曾經去考過任何跟語言相關的檢定考嗎？去考的感想是？

A 從小到大最怕考試跟比賽，所以除了不得不考了美國的托福，跟英國的IELTS各一次以外，就從來沒去考過試了，對於台灣人熱中考英檢、日語檢定考，日本人熱中於漢字檢定考，都無

法理解，不過這都是因為我討厭考試的緣故啊！我相信世界上應該是有些人從考試當中可以得到一些滿足的，這些人請你要離我遠一點啊！

過去雖然也想過要去考日文一級檢定，後來發現同學有個程度不怎麼樣的也通過了，就完全失去興趣，好像其他就沒有了。

考托福覺得很瑣碎，因為沒有什麼挑燈夜戰或是上補習班，考得好像也普通（到底考幾分完全忘記了，但是只能說顯然哈佛大學不是很注重托福分數），倒是IELTS因為完全不用準備，讓我很甲意，心情很輕鬆，哼著歌穿著夾腳拖兩手空空就去考了，因為隨便考感覺很素喜，所以就差不多滿分的樣子（抬下巴），真希望世界上所有的考試都可以不用準備啊！

Q39 覺得亞洲英語力最強的國家是？為什麼強？

A 亞洲英語力最強的國家，大概就是印度跟新加坡了吧？新加坡比較是教育政策英語化，比較沒有什麼好說的，但是印度的故事就完全不同。

印度因為有很多外包的call center，所以想要藉著到這些公司上班的年輕學子窮人翻身晉身中產階級，攜手奔向小康，從小就矢志學好英語，而且還聚在一起聽英國BBC或美國的VOA短波收音機，努力把口音跟邏輯都搞得很清楚，於是不知不覺從學英文變成了提升英語力，可以開玩笑似的優游於英式英語跟美式英語之間，也看到英語為母語的這些有錢人，自己看不到的荒唐邏輯，好幾部滿有趣的電影都曾以這個為主題，像「Outsourcing」就是其中之一。

Q40 如果你很討厭一個外國人，你會跟他說什麼？

A 討厭一個人應該有明確的時地人的因素，跟這個人本身是不是「外國人」，應該是沒有什麼關係的吧？

光是聽到這個問題，我就覺得你很討厭了啊！去去去，到一邊玩沙去！大人在這裡講正經事。

Q41 西班牙語的打舌要怎麼練呢？

A 不知道，我不會，所以都含糊帶過。請你練好了來教我吧！

Q42 HELLO~你好，學英文算算也十幾年了，對英文算是很有熱情，但就是一直學不起來。嘗試過看電影或歐美影集來學習，雖然聽力有變好一些，但說、讀、寫都不行><現在有試著閱讀文章但好像不夠。我也想說一口流利的英語，請你把舞林密笈傳授給我吧！！

A 嗯……有沒有考慮過到說英語的地方去生活三個月呢？

好像你學英文的方法，是個光靠看書學電腦的資訊系學生，到大學畢業證書拿到了卻一次也沒開過機（緬甸還真有這樣的事），然後無法理解為什麼找不到好康的電腦工程師工作，請問我可以打你一巴掌嗎？

Q43 曾在你的文章中得知，你在年幼時期就被送入英文補習班學習英文，提早學習外語的年齡是造就你日後學習任何語言皆無所不能的原因嗎？

A 我學習英語的年紀應該是屬於平均年齡吧？ 如果以現在國小義務教育就有英語課來說的話，我的起步還算是晚的，但是回想一下，我好像只是覺得看字幕很麻煩（主要是從小沒學速讀，看得太慢），我的英語聽力可以說完全就是在這種怕麻煩的基礎上，從懶得看字幕開始，不知不覺聽懂的啊！ 別以為我很怪，很多在美國幫有錢人家打掃的墨西哥歐巴桑，就是因為白天主人不在家，一面掃地一面電視開得很大聲，看情節進展超拖戲的日間連續劇（一齣戲可以演三十多年還沒下檔），或是來賓上脫口秀節目（典型的內容是女兒控告媽媽如何搶自己的男友，還懷了男友的種，結果講到一半男友跳上舞台，說他其實是女扮男裝，根本就不可能讓女人懷孕，還當場脫衣服驗明正身），結果一兩年下來英語變得嚇嚇叫，這跟早學晚學關係不大，跟夠不夠懶比較有關係，懶得看字幕，懶得查字典，連快譯通都懶得充電，懶到了盡頭，就只好尋求一勞永逸的方法，那就是把英語學起來。如果覺得用盡辦法卻怎麼學都學不好，可能就是因為你太勤勞了！

話說回來，台灣的電視節目連本土的也要打中文字幕，是不是因為這樣，所以很多人連中文聽力都不大好？

Q44 藏文或蒙古文呢？如果把「密勒日巴」這部電影的字幕遮住，你可以聽懂幾成呢？

A 當然是完全聽不懂啊！你以為我有特異功能嗎？聽說有些喇嘛在外國的轉世，就是出生後明明沒學過藏文，可是卻會說藏文，才因此被發現的，如果你也發現自己有這樣的傾向，可能要寫E-mail去問一下達賴辦公室，需要的話我可以查給你。

Q45 請問你有沒有可在短時間內增進英語口語能力的密技呢？像Beautiful as she is, May has no boyfriend. 這種句型，一般口語會用到嗎？

A 短時間要增進說英語的能力，就是一個人背著背包去海外旅行，不管去的是不是英語系的國家，一兩個月下來保證超流利！

至於你說的句子，就跟「買兩個可以算便宜一點嗎？」是同樣既普通又常見啊！請問你覺得很難嗎？（發抖）

Q46 最近想加強自己的語文讀寫能力除了多背單字有什麼迅速記憶的方法來學會英文？

A 多寫申請表。

各式各樣的申請表。

無論是海關申報單，申請海外工作，行李遺失申報，填寫網上問卷，申請英文版的開心農場或Neopets帳號，免費電子信箱，客訴，網上開戶，綠卡抽籤，線上購物，讀得越多，越知道要怎麼讀，寫得越多，就越知道要怎麼寫，因為申請的過程中為了要達成實用的目的，因此只要不求人，確實搞清楚一次，下次就很難忘記，世界上沒有什麼比填申請書更容易記牢單字的辦法了！

Q47 你認為台灣兒童在英語起跑線、要如何擺出姿勢最佳化。

A 請問你平常講話也都這樣文謅謅的嗎？ 要注意，連作家都沒有這樣喔！（甩頭髮）

兒童在英語起跑線，我們用白話文來說的話，就是要讓兒童開始學英語的意思吧？ 如果是這樣的話，最重要的事情就是要喜

歡學習。

　　我們在海外第三世界國家作學齡前兒童的教育計畫，都刻意避免讓孩子跟老師的互動，有「教」、「學」的感覺，也不會把學寫二十六個英文字母，當作是一個功課來做，而是強調眼手協調，適應群體互動的規則，感受人我關係，這些才是最重要的，知識性的東西，只要有了這些工具，時間到了自然就會學習。

　　兒童英語也一樣，避免讓孩子太早落入「教」「學」的窠臼，而是去體驗，去玩，像塑泥巴那樣塑造字句，像舞蹈那樣感受到韻律之後，再去一點一點修正姿勢，才會變成藝術家，否則學好了，充其量也只會變成技術人員。

Q48 如果想學習第三外語（英文以外），要如何開始呢？補習或聽線上廣播教學節目等……？從文法開始快速的學再補充其他部分，或是像課本一樣（搭配文章或對話）慢慢學呢？

A 學過一個外國語言後，學習外語的經驗會幫助縮短學習另一個外國語，因為已經成功的掌握了一次竅門之後，就好像只是拿到一支品牌不同的手機，雖然運作的邏輯不同，讓介面看起來有所差異，但是東摸摸西摸摸，前一支手機的經驗，自然會幫助我們找到新的邏輯，上手會比第一次快很多。

　　線上遊戲也是這樣，遊戲表面上完全不同，但是玩過一個線上遊戲之後，再開始玩一個全新的遊戲，就算類型天差地別，一個是伊拉克戰爭，一個是種菜偷菜，卻不需要花太多時間就能上手。

　　當然，如果像我這樣，擔心學一個新的語言，卻忘了一個舊的，那就拿第二外國語的教材，來學第三外國語，比如說用英語的教科書來學西班牙文或荷蘭文，因為這兩個語言的共通性，遠

遠超過跟中文的相似性，所以不但英文不會忘記，英文還會幫助我們理解西語或荷語，這個小撇步，請大家趕快寫下來喔（低頭作筆記）。

Q49 同時學習相近的語言是否會互相干擾，是會降低學習效果，或是有輔助的效果呢？

A 舉例來說，荷蘭文，英文，比利時的Flemish，還有南非的南非語Afrikaans，都屬於非常相近的語言，所以懂得其中一個語言，如果仔細讀其他幾個的話，就算沒學過也猜得出意思，甚至連看小說都不會有問題，但是最大的「地雷」是有些字雖然同樣的拼音，但是意思不同，因此不求甚解的話就會造成誤會，另外是就算拼音跟意思都相同，但是發音不同，沒注意的話也會造成發音不良的問題，比如說水（water），在荷蘭語中雖然拼音相同，卻不能用英語的發音來念，a必須要張大嘴發「啊」的音，後面的r也要用力的把捲舌音發出來，如果用英語的發音混在荷語句子裡面講，就會感覺像ABC的藝人在講中文時提到網路電話Skype，如果用標準的英文說出來，台灣人就會完全不知道他在講的那個Sky-（p）是什麼玩意，一定要講成Sky-P才能懂，所以有時候兩個語言表面相似的時候，會讓我們掉以輕心，但是如果能注意細節，那麼學習相近的語言，應該是屬於買一送一，很超值的吧？

Q50 如何將學習第二外語的經驗，應用於第三外語……學習呢？

A 回答請見樓上48樓。

畢竟學過怎麼做義大利菜的廚師，再學法國料理，就不會很困難，就算再加學一個泰國料理，也不會有人以為一個廚師會因此把蝦醬跟魚子醬搞混吧？

　　學習語言，說穿了也就是這麼回事兒。

○ **Chapter 1**

我的第一堂兒童美語課

時光倒流，當時的褚士瑩是一個無聊的小學生，國文不太好的老師往往點名不小心念成「豬土榮」遭全班恥笑（真是怪了，現在想起來覺得丟臉的應該是老師吧？怎麼會是我咧？）以至於整天期待放假，等真的放暑假，整天又待在家抱怨：

　　「無聊！好無聊！」

　　父母一貫的回答就是：

　　「無聊！趕快去念書啊！」

　　於是就像所有無聊的小學生，聽到大人「無聊就去念書」的邏輯，卻不是幻想中「那把拔馬麻趕快帶你去夏威夷旅行衝浪吧」之類的答案，當場就傷心地在地上打起滾，還誇張的哭嚎起來，有經驗的父母（這就是上有兄姐的壞處，爸媽已經是有經驗的老鳥了沒在怕），採取不聞不問的態度，只輕輕丟一句：

　　「你盡量再哭大聲一點吧，等一下警察就來把你抓走，就不無聊了。」

　　說完就吹著口哨，各自去做他們自己的事了，留下一個獨自在客廳地上混著鼻涕眼淚打滾的髒小孩，大概滾久了覺得地板涼涼的很舒服，不知不覺就睡著，醒來的時候，發現完蛋了，要去上兒童英語會話班。

　　父母之所以會做這樣的決定，基於兩個非常簡單而且非常正確的假設：

　　1.這小孩在家無所事事很煩，簡直要人抓狂；

　　2.學英語很重要。

　　但是我父母顯然並沒有特別下什麼工夫去選擇，大概就是信箱裡面有傳單廣告，說這個禮拜新開班，學費大特價之類的，不但就在家附近，而且還是外籍老師，所以就毫不考慮地把我踢出家門。

當我按照指定的時間到了指定的地點，竟然找不到美語補習班的招牌，而是一棟破破爛爛的老公寓的頂樓，地址明明沒錯，可是搖搖欲墜的招牌卻寫著「華苓菲瑜珈舞蹈教室」，進去以後，簡直讓沒有見過世面的小男孩太害羞了，竟然看到一群肥滋滋的歐巴桑，穿著超緊的螢光綠韻律衣，像是春天吃太多的毛毛蟲，艱難地在鏡子前面蠕動著（請注意，我不是用「舞動著」是有合理原因的），正驚恐地打算轉身要跑，竟然被一聲吆喝叫回去，於是只好乖乖的等著這些巨大的昆蟲回復成人形，舞蹈教室恢復了平靜，一張破舊的摺疊鋁製辦公桌子被抬出來，又拉出幾張同樣破爛的摺疊椅子，就變成我的兒童美語會話教室了。

　　老師出現的時候，之前對於外國人的印象，只侷限在電視上金髮碧眼外國明星的我，心情簡直盪到了谷底，眼前的老師是個戴著土裡土氣大眼鏡的竹節蟲，又高又瘦，整張臉除了眼鏡就看到一個不斷流鼻涕的紅鼻子（現在想起來，應該是台灣的空氣污染，造成過敏，要不然感冒幾個月都不好，大概早就死了吧），當時只覺得這個年輕人怪怪的，不笑還好，勉強笑的時候臉上還會開始微微的抽搐，但是他自我介紹，說他是剛從UCLA畢業的，聽起來好像很厲害的樣子，在教學雙方都屬於非自願的共識下，我們在解散的瑜伽教室地板上，開始了人生的第一堂兒童美語會話。

　　一直到長大以後，在全世界旅行的途中，認識了一些在亞洲教英文的補習班老師以後，這才恍然大悟，竹節蟲先生之所以那麼瘦，是因為在台灣教英文堂數不多，缺錢所以沒怎麼吃（那時候麥當勞還沒引進哪），他剛大學畢業，所以根本不知道要怎麼跟小孩子相處，更別說知道該怎麼教小朋友，完全就是硬著頭皮上陣的吧！難怪他第一件事，就是不由分說的把我們四個學生都

取了很恐怖的菜市場名，我還記得我被叫做John，我隔壁的被取作Peter，另外那一對兄妹被叫做什麼我現在忘記了，但是我們都默默的含淚接受，竹節蟲先生想必不知道我們都早就有名字，我們沉默的原因並不是因為害羞，而是太震撼了，除了我之外，那個Peter本來就有美國綠卡，家裡在洛杉磯開成衣工廠，而那對兄妹更離譜，根本就是在美國出生的，上小學才回來讀，兩兄妹彼此私下本來就都以英語對話，沒想到還來不及開口，竹節蟲先生就一副自己是魯賓遜漂流記裡面被漂流到荒島的魯賓遜，我們四個就變成了他眼中未開化的侏儒，被隨便取名為「星期五」之類的，這個瑜珈教室裡的兒童美語會話班，到底維持多久，後來又是怎麼結束的，我已經忘了，大概是不了了之無疾而終，但是我當天確實拿著寫了「John」的課本回去找爸媽算帳，他們也只好尷尬地笑了。

「怎麼一個原本還算正常的孩子，不過是送去上個英語課，結果回來變成John了咧？」

想必當晚睡覺前，我的父母一定這樣深刻的對著先祖的在天之靈，這樣深刻的反省著。為了怕我太糗，母親還破例的公開了她以前也遇過一個無厘頭的英語老師，也是第一堂課硬生生把她取了花名叫做Grace，我聽了以後，立刻忘了自己的痛苦，笑得在地板上又打起滾來，真是太好笑了！知道這是我們共同的宿命，我就沒有那麼在意了，男子漢大丈夫John就John吧！為了學好英語，也只好豁出去了！

這段文章最後，還是要提醒各位剛來台灣的外籍英語教師一個實用的小撇步（耳朵豎起來）：雖然我們是亞洲人，但基本上都是從小就有名字的，如果為了老師自己好記，非要取英文名字不可的話，不妨請先徵詢一下當事人的意見喔！

○ **Chapter 2**

○
○ 誰是我們的外籍英語老師？
○
○

場景快轉到現在。

在台灣學習英文的我們，滿腦子都在想文法句型發音聽力，但是有沒有想到在每年上萬個外籍英語教師的眼中，我們是怎樣的學生？如果把自己抽離，設想住在吉隆坡的阿富汗難民，他們也都天天上英語課，師資仰賴來來去去的國際義工，這些義工有新加坡人，有韓國人，也有台灣人，大部分母語都不是英語，也沒有語言教學經驗，這樣學習語言，會有什麼效果？回頭來想想我們自己學習語言的漫漫長路上，滋養我們的英語老師，又都是誰？我們又學到了什麼？

所以在開發英語力之前，首先，我們不妨先想想這些在台灣的「外籍英語老師」是誰？每年成千上萬外籍英語教師來到台灣，教成人，教兒童，在學校教，在補習班教，之前在日本東京教，在四川成都教，之後或許會到曼谷教，到韓國首爾教，但是我們接觸的這些「老師」，他們究竟是如何看待教英語這件事，或是如何看待學英語的亞洲人，這方面我們對他們的了解卻幾乎是一片空白，所以學英語之前，不妨嘗試從這些大多數來自南非、美國、加拿大，大學畢業不久，大部分先前沒有全職工作經驗的英語教師的角度，來看亞洲的英語教學這件事情，各自在課後，他們又是如何在skype上、facebook、msn、部落格中，跟遠在家鄉的親戚朋友，陳述、談論在台灣教英語的經驗？

一個英語教師的部落格

我隨機在網上搜尋在台灣外籍英語教師的個人部落格，找到一個2009年五月四日剛離開台灣，回到美國芝加哥念法律研究所的年輕老師Michael Goldberg，他跟女友一起參加為期一年的 Reach To Teach教學計畫（Reach To Teach是在美國一家專門招募美加、紐澳、英國的年輕人，到台灣、韓國、中國大陸當英文

教師的仲介公司），到了台灣教美語補習班，幾個月後接到法學院八月入學的通知，因為暑假的機票太貴，所以合約未滿就提前在五月初離開台灣，在他離台前一個月，也是在他還不知道自己會提前離開台灣的時候，四月四日他在部落格寫了這樣一篇名為〈Catharsis〉的札記：

As of late I've been doing a lot more children's classes because I think I'm on the outs in the adult department. Our managers work on a system of passive aggressive punishment. A couple of weeks ago I received a complaint in the adult's department that I wasn't checking their homework to make sure they were doing it correctly. Instead I was going over the answers in the class so they can check it, and the process is more active. However this student didn't want that, she wanted me to take all of their workbooks home and spend 3 hours each night grading them. I don't get paid for class preparation, and I don't get paid for grading homework. For a 3 hour adult class I put in 2 hours of preparation time. Now add to that 3 hours of homework grading a class, and I will be spending 5 hours of my own time for a 3 hour class. The 3 hour class pays about $60 U.S. a day. So in the end if I brought the homework home that means I'd be getting paid $60 for 8 hours of my work time. That comes out to $7.50 an hour. I was making $7.50 an hour 5 years ago as a tuxedo store clerk. When confronted about it by the secretary, I told her there is no way I'm bringing the workbooks home to grade. I suppose this was foolish of me, but I was just being honest. If I wanted to tell her "no" in the Chinese bureaucratic way I should have said "hmmm... that will be very difficult. I will see what I can do." Later that day the adult manager called me at home（at 10pm）and also asked me to do it. This time I gave him the second response, but it doesn't work on him really because he's not Chinese.

　　最近我被分到教很多兒童美語班，因為我想我被從成人班逐漸搓掉了。我們美語補習班的經理用消極抵抗的方式來故意整我。幾個禮拜前，成人班有一個學生投訴，說我沒有確實改他們的作業，只是在課堂上公布正確答案，讓學生自行核對，我覺得這是比較主動的方式，可是那個女學員不接受這種方式，她希望我把他們的作業本都帶回家，每天晚上花三個小時的時間改作業，問題是又沒有人付我錢備課，也沒付我錢改作業，所以如果我花兩個小時準備三小時的上課，晚上還要花三小時改作業，那等於教三小時的課還要加五小時做白工，教三小時的課可以賺日薪差不多2,000元台幣，要是我把學生的作業帶回家改，就等於我工作八小時只賺2,000元台幣，折合時薪250元台幣，五年前我在禮服店打工當櫃台，就已經賺250元台幣一個小時了，秘書接到客訴跑來問我，我跟她說我才不要把學生作業帶回去改，也是我太老實不會拐彎抹角，如果按照中國人打官腔我應該說：「嗯……這樣好像有點困難了，我再看看該怎麼辦好了。」結果當晚成人班的經理晚上十點打來興師問罪，要求我照要求做，這回我學乖了，改用拐彎抹角的方式說，結果完全沒用——因為經理不是台灣人。

　　So what is the result of this supposedly little issue？ Well as it turns out over this past month I've been repeatedly skipped in adult class assignment. Not a single adult class has come my way even though I have the most availability and I ask the manager for classes nonstop. Even Carolyn, who is already at nearly 20 hours a week（Compared to my 14, soon to be 6）, was offered a 4 hour Saturday adult class. The time this class is at I also have free, so the manager could have called me, but he gave it to Carolyn, who has way more hours than me. I'm glad at least Carolyn got it because she also needs the money, and she's an excellent adult teacher, but I find it ridiculous how this management at my school works. The funny thing is that when the manager offered the class to Carolyn he said "See eventually you get enough hours and then get to choose whether to accept classes or not." Well I have never been given this option. And she really didn't have the option to accept it or not, because if she rejected it she would never receive another adult class offer again. That's how passive aggressive they are.

所以這件小事的結果是什麼呢？就是過去這一個月來，我都沒被分到教成人班，一堂成人班的課也沒有！就算我是全公司最閒的，每天都巴著經理問可不可以多給我幾堂課，我女朋友凱洛琳已經每週有20小時的課了，公司還再給她一個禮拜六四個鐘頭的成人課，我只有14小時，以後還會減成6小時，週六的時段我明明也有空，經理明明可以把這課給我的，卻給了凱洛琳，不過我還是替凱洛琳高興，因為她也需要錢，而且她教成人班教得很好，我只是覺得補習班管理階層這種排課很離譜。最好笑的是經理要把課給她的時候說：「看吧！我就跟妳說妳鐘點最後會滿到可以選擇要不要接。」可是我從來沒得選，她其實也不能真的選擇，因為如果她拒絕這個新班，以後就接不到成人課了，這就是他們消極抵抗的高招。

Here's another funny little tidbit. A co-worker of ours just re-signed a 2nd year contract with our school（It boggles my mind why she would do this because there are much better jobs here in Taiwan for those with experience and the willingness to teach children.）She filled out the application and signed the contract and applied for the ARC. Well she wanted a copy of the contract for her records and when she asked the manager, the manager said she doesn't think it will be possible.!!! I know it's illegal in Taiwan to not provide a contract （well technically if you have enough money nothing is illegal in Taiwan）, but our stupid manager wouldn't provide her a copy. I am beginning to suspect she is under orders from the owners not to provide contracts because later on if there is a dispute the employee will have nothing to give his/her attorney, thus putting the school at an advantage.

　　還有一個有趣的小花絮，我們有個同事剛跟我們補習班續了第二年的約（我真搞不懂如果她有經驗又願意教兒童班的話，台灣更好的工作機會多的是，幹嘛這麼想不開？）她填了申請表，簽了合約，然後遞出居留證申請，她想留一份合約影本存檔，結果經理竟然說不可能！！！我知道在台灣不提供合約是違法的（話又說回來，在台灣只要有錢的話，沒有什麼是違法的），但我們家的蠢經理竟然不肯給她影本，我開始懷疑經理是不是受到老闆指示不要給合約，免得以後有勞雇爭議的話留下證據，照現在這樣對公司比較有利。

So now that I'm getting dropped from adult classes I've received a few children's classes. Lately I've begun to absolutely loathe teaching children. My older class with teenagers has become pretty awful. They were behaving for the first semester, but now they have started reverting to infancy. Yesterday we were doing a project involving cutting up newspaper pictures to make an advertisement for tourists in Taiwan. Well one group of students instead just decided that it was hilarious to shred all the newspaper into little pieces and throw them about the room. I haven't encountered this behavior since my dogs got a hold of newspaper. These are teenagers ranging from 12 to 16, not elementary children！What's worse is that a few children decided to make newspaper balls and start chucking them at girls（who were seriously working on their advertisement）. It was beginning to escalate so I told one student to get out of the classroom and go sit with the secretaries. And guess what, he refused to my face! I was very stern, threatening and menacing, and finally he got up and came with me after refusing for like a minute. I brought him downstairs and told the secretaries, and later he came back and helped another student pick up all the newspaper scraps they had produced.

所以現在我成人班沒了，給我幾個兒童班，最近我實在恨透了教小孩，我舊的班那些十幾歲的孩子變得很可惡，第一個學期還人模人樣，現在已經倒退回嬰兒期，昨天我們做一個作業，要大家利用報上的照片做成台灣觀光的廣告，結果有一組覺得把報紙撕碎全教室亂扔比較有趣，除了我的狗咬到報紙像這樣以外，我還沒看過人有這種行為的，他們都是12到16歲的青少年，不是小學生！更慘的是有幾個孩子開始把報紙揉成球，開始丟班上的女生（她們正很認真的在做廣告），他們越來越不像樣，我叫其中一個離開教室去坐在秘書那邊，結果你知道怎樣？他當著我的面拒絕！我很堅持，只好來硬的，他僵持了一分鐘最後才跟我到樓下的秘書那邊，後來他回教室，跟另外一個學生一起把他們丟的紙屑撿乾淨。

The children here are so disrespectful compared to students from schools I have previously attended（Woodland and Warren）. I never ever disobeyed a teacher like that, especially to his/her face. I have a variety of theories that I will share.

這裡的孩子跟我以前上的學校比超沒禮貌的，我從來沒有像那樣違抗老師，更何況是當著老師的面！這些小孩為什麼會這樣

我有幾個理論：

First, I believe the Chinese have a penchant for spoiling their sons（it's every parent's dream to have a fat pampered son）. So half the boys here are really rotten, mean, and cruel, to me and to their classmates.

首先，我相信是中國人重男輕女的觀念（每個父母都夢想生個帶把的胖小子），所以這裡一半以上的小男生都又爛又苛薄又殘忍，不管是對我還是對同學。

Second, at my school children come at night after having spent the whole day at another school. So they are stressed out and overworked. They do want to have fun and play. So they often goof off and don't pay attention. Unfortunately their parents are paying us to teach them English（and to baby-sit them）, so we try our hardest to prevent goofing off.

第二，在我們班，學生都是白天在學校上了一整天課放學晚上來補習，所以已經被操得累死了，他們只想來玩，所以時常吊兒郎當沒心上課，問題是他們的家長付錢要我們教他們英語（順便托兒），所以我們盡力避免他們吊兒郎當。

Third, these children tend to be a lot more disrespectful to white teachers compared to Chinese teachers. The reason for this may be racism. They don't see their white teachers as real people or valuable members of society. So they feel that it is alright to disrespect them.

第三，這些小孩對台籍老師還沒那麼沒禮貌，對白人老師特別肆無忌憚，可能是種族歧視吧，他們不把白人老師當真正的人看，或是當作社會有價值的成員，所以他們覺得沒必要對外籍老師客氣。

Fourth, as the white teacher who only speaks English, we can't call their parents and tell them what their children are doing. So the children recognize we have no power of punishment beyond the classroom. If we want to punish outside of the class we have to get the Chinese teacher or secretaries involved.

第四，只會說英文的白人老師，沒辦法打電話跟家長告狀，所以小孩覺得一出教室，老師就拿他們沒轍了，如果我們要告狀的話還得把台籍老師或秘書都扯進來。

Last, white teachers come and go constantly, and the quality of teachers is very low. We are not trained as teachers, and they may see as many as 4 different teachers in one semester. Because of this they figure it's alright to be disrespectful because if it puts them on the teacher's bad side, the teacher will be gone in a few weeks anyways. Furthermore, a lot of teachers they have had in the past probably have been pushovers, so they expect me to be a pushover as well, and when I punish them they really refuse because they don't think I will escalate the punishment.

最後，白人老師來來去去頻繁，老師的素質又很爛，我們本來就不是科班出身的，所以學生一個學期搞不好換四個老師，常看到老師壞的一面，他們對老師當然沒有什麼敬意，反正老師沒幾個禮拜就會走了，況且，他們以前的很多老師可能是軟腳蝦，所以他們猜我也是軟腳蝦，我要處罰的時候他們會不予理會，因為他們不覺得我會徹底執行。

So those are all my problems with the school system in Taiwan and the particular school I work for. It's truly a mess and I seriously want to get out of it as soon as possible. I'm highly considering going back to law school (because I don't want to have to do disagreeable jobs like this for the rest of my life) and I already applied for John

Marshall with an August start. If I don't get in for August I will reapply for January. Hopefully I can get back to school soon. In the meantime I'm making plans to move back to Chicago and find some temporary work to hold me over until I start school. Carolyn on the other hand is doing very well here and we both agree she should stay to finish out the contract. She thinks she may want to be a teacher, so this experience, and the references, will be quite valuable. Of course I will miss her a lot and I wish she could come back with me, but we will only be apart for 3 or 4 months, and it's the best thing for our future.

這些總結起來都是我對台灣教育制度的存疑，尤其是我工作的美語補習班，真的是亂七八糟，我真的是等不及要閃人了，我認真考慮要回去念法律所（因為我不想一輩子做這種沒品的工作），而且我已經申請八月開學的學校，如果八月的我進不去，我就會申請一月的，希望能盡快重回校園，我現在也開始計畫搬回芝加哥，找份臨時的工作可以撐到開學，凱洛琳跟我不同，混得超好，我們兩個也都同意她應該留下來到合約期滿，她覺得她以後可能想教書，所以現在的工作經驗跟推薦函會滿有用的，當然我會很想她，也希望她能跟我回去，但是我們只會分開三、四個月，對我們的將來，這樣是最好的。

I want to apologize for spending this whole post complaining. But I really feel some catharsis when typing up all my feelings. I hope to see all of you soon！

真抱歉整篇都在抱怨，但在把我的感覺打出來的同時覺得有達到精神宣洩的效果，等不及跟你們趕快見面ㄌ！

（原文見http：//tai-what.blogspot.com/）

Catharsis：n.（名詞 noun）

1. [哲]（感情）淨化，尤指透過觀賞悲劇而致感情淨化。亞里斯多德用語

2. [精神分析] 精神宣洩、精神發洩

3. [精神分析] 恐懼消解

4. [醫] 導瀉、通便

5. [醫] 導瀉法

原來「通便」跟「發洩」，在英文裡可以是同一個字啊！這麼說來，這篇美語補習班老師的「宣洩」其實也是「宣瀉」囉？這樣這個新認識的單字好記多了。

從這篇部落格裡面，除了通便這個亞里斯多德時代流傳下來，英語裡超不常用的古字之外，我自己學到了幾件事：

1. 大部分的外籍英語教師大學畢業沒多久，沒有教學經驗，也對教學沒有興趣，多半是看在可以順便免費海外旅行，或是日後申請學校或工作的時候，讓履歷表看起比較好看，所以來來去去，學生沒有什麼保障，自然也看不起外籍老師。

2. 喜歡教兒童的老師雖然有（像凱洛琳），但是也有像麥可這樣視教兒童班是懲罰的。

3. 拿多少薪水只做多少事，外國人不一定比台灣人敬業。

4. 台灣的小孩放學後去上美語補習班，在老外眼中是畸形的教育，從小就訓練孩子成績導向，以至於小孩品格教育很差。

5. 這些小孩的父母也好不到哪裡去，把補習班當安親班用，一輩子被動學習，長大了變成改不掉的壞習慣，連作業也要老師帶回家改，難怪英語永遠學不好。

相信有些人看到這邊，那種義和團的心態就萌生：

「這些外教統統給我滾回去！只會來這邊賺台灣人的錢，順便釣漂亮美眉！」

「英語甭學了！二十一世紀是中文的世紀！我們要有骨氣！」

但是這些人卻沒有想到，人家怕我們還有我們生出來的幼獸，比我們怕說英語還要厲害，光是拿「老外在台灣泡妞」這樣不堪入目卻通行在全亞洲男性心中的觀念來說就好，已經有女友凱洛琳的麥可，就曾經在同一部落格另外一篇札記裡面這樣寫過：

I have a new private one on one student, which I am excited about. She contacted me online through a service that helps Taiwanese find English tutors. We met last Tuesday（when I was extremely sick but I needed the money）, and the lesson worked out well. She's very friendly and easy to get along with. At first I was afraid she would be looking for something more than tutoring lessons（people often set up tutoring lessons here when they are looking for a foreign boyfriend）but it turns out she is legitimately interested in learning English because she uses it at work. Hopefully the lessons last because it's a nice source of extra income, and I receive cash right away instead of having to wait a month for a paycheck like at my school.

真興奮，我有個新的家教學生，她透過一個幫台灣人找英語家教的網站跟我聯絡上，我們上星期二，在我感冒最嚴重但是缺錢缺得要命的時候第一次見面，她滿好相處的，一開始我很怕她是不是拿家教當幌子（這裡的人常常假借找家教的名義，其實是要釣老外男友），結果她是真的有要學英文，因為工作上要用，希望這個家教課能持續下去，因為可以多賺點零用錢，而且下課就可以拿到錢，不像在補習班要等一個月才發薪水。

想學英語的亞洲學生，跟教英語的外籍教師之間的恩怨糾葛，無論在台灣，在香港、中國大陸、韓國、日本，還是泰國，可以說都如出一轍，各式各樣的例外當然都有，特別好的老師，特別壞的學生，特別差勁的老師，特別好的兒童班，這些都是我們每每在講到學英語的時候，刻意迴避的禁忌話題（這樣講老師，好像不太禮貌ㄋ……），但是只有正視並且了解「誰是我的外籍英語啟蒙老師？」這個問題，才可以真的以健康的心態，踏上語言學習之路，逐漸成為知道怎麼跟這個世界平起平坐的地球人。

另外值得一提的是，編輯大人很害怕我引用麥可的部落格會被告到傾家蕩產（可能是因為麥可說他回去美國念法學院的關係），但是我屢次試著透過網站跟他聯絡都沒有回音，那也是沒辦法啊（兩手一攤），看來可憐的麥可對於台灣的噩夢已經想忘都來不及了吧？（飆淚）

○ **Chapter 3**

○
○ # 一切都從這850個字開始
○
○

雖然我的英語學習歷程，起始於瑜伽教室髒兮兮的綠色地毯上，生鏽摺疊桌椅拼湊成的兒童美語班，還被迫給了荣市場名叫做John，但是看到竹節蟲先生對於我們一舉一動，都會受到驚嚇不斷抽搐痙攣的樣子，還是讓人非常的同情，於是我決定要表現出個性當中鮮少顯露的天使的那一面，幫助竹節蟲先生，除了適應台灣污染的空氣，還能夠知道小學生其實沒有他想像中那麼恐怖。

　　為了這個高尚的理想，我開始認真學習跟基本生存息息相關的基本字彙，現在回想起來，當時所學習的，基本上就是二十世紀英國哲學家，也是語言學家Charles Kay Ogden，曾經歸納出來850個最基本最常用的英文單字（專業口中的BE850是也），這些字的各種排列組合，讓我可以愉快地看懂童書繪本，也讓我日後足以背著背包去自助旅行，而不至於滅亡的程度，也差不多是拿著打工度假簽證到國外，可以放心到老外家裡當小朋友的保母，不用擔心聽不懂眼前這個迷你客戶需要什麼客服的程度，所以不可小覷。

　　如果想知道自己是不是有這樣基本求生的程度，不妨利用這個機會很誠實的測驗自己一下，如果在這表列中出現的字彙，你不會的不超過十個，那麼恭喜，你已經有了堅實的基礎，因為有幾個字眼，像是apparatus、fertile、feeble，雖然在母語為英語的人口當中，非常基本而常用，但是不知道因為什麼原因，偏偏從來沒有出現在一般的教科書中。如果發現自己有十個以上的字彙，看起來不大熟悉的話，那最好先把這一章都先搞清楚了，再接著閱讀下一章吧！

A

able • about • account • acid • across • act • addition

• adjustment • advertisement • agreement • after • again • against • air • all • almost • among • amount • amusement • and • angle • angry • animal • answer • ant • any • apparatus • apple • approval • arch • argument • arm • army • art • as • at • attack • attempt • attention • attraction • authority • automatic • awake

B

baby • back • bad • bag • balance • ball • band • base • basin • basket • bath • be • beautiful • because • bed • bee • before • behavior • belief • bell • bent • berry • between • bird • birth • bit • bite • bitter • black • blade • blood • blow • blue • board • boat • body • boiling • bone • book • boot • bottle • box • boy • brain • brake • branch • brass • bread • breath • brick • bridge • bright • broken • brother • brown • brush • bucket • building • bulb • burn • burst • business • but • butter • button • by

C

cake • camera • canvas • card • care • carriage • cart • cat • cause • certain • chain • chalk • chance • change • cheap • cheese • chemical • chest • chief • chin • church • circle • clean • clear • clock • cloth • cloud • coal • coat • cold • collar • color/colour • comb • come • comfort • committee • common • company • comparison • competition • complete • complex • condition • connection • conscious • control • cook • copper • copy • cord • cork

• cotton • cough • country • cover • cow • crack • credit • crime • cruel • crush • cry • cup • current • curtain • curve • cushion • cut

D

damage • danger • dark • daughter • day • dead • dear • death • debt • decision • deep • degree • delicate • dependent • design • desire • destruction • detail • development • different • digestion • direction • dirty • discovery • discussion • disease • disgust • distance • distribution • division • do • dog • door • down • doubt • drain • drawer • dress • drink • driving • drop • dry • dust

E

ear • early • earth • east • edge • education • effect • egg • elastic • electric • end • engine • enough • equal • error • even • event • ever • every • example • exchange • existence • expansion • experience • expert • eye

F

face • fact • fall • false • family • far • farm • fat • father • fear • feather • feeble • feeling • female • fertile • fiction • field • fight • finger • fire • first • fish • fixed • flag • flame • flat • flight • floor • flower • fly • fold • food • foolish • foot • for • force • fork • form • forward • fowl • frame • free • frequent • friend • from • front • fruit • full • future

G

garden • general • get • girl • give • glass • glove • go • goat • gold • good • government • grain • grass • great • green • grey/gray • grip • group • growth • guide • gun

H

hair • hammer • hand • hanging • happy • harbor • hard • harmony • hat • hate • have • he • head • healthy • hearing • heart • heat • help • here • high • history • hole • hollow • hook • hope • horn • horse • hospital • hour • house • how • humor

I

I • ice • idea • if • ill • important • impulse • in • increase • industry • ink • insect • instrument • insurance • interest • invention • iron • island

J

jelly • jewel • join • journey • judge • jump

K

keep • kettle • key • kick • kind • kiss • knee • knife • knot • knowledge

L

land • language • last • late • laugh • law • lead •
leaf • learning • leather • left • leg • let • letter • level •
library • lift • light • like • limit • line • linen • lip • liquid
• list • little (less, least) • living • lock • long • look •
loose • loss • loud • love • low

M

machine • make • male • man • manager • map •
mark • market • married • match • material • mass • may
• meal • measure • meat • medical • meeting • memory
• metal • middle • military • milk • mind • mine • minute
• mist • mixed • money • monkey • month • moon •
morning • mother • motion • mountain • mouth • move •
much (more, most) • muscle • music

N

nail • name • narrow • nation • natural • near •
necessary • neck • need • needle • nerve • net • new •
news • night • no • noise • normal • north • nose • not •
note • now • number • nut

O

observation • of • off • offer • office • oil • old • on •
only • open • operation • opposite • opinion • other • or
• orange • order • organization • ornament • out • oven •
over • owner

P

page • pain • paint • paper • parallel • parcel • part • past • paste • payment • peace • pen • pencil • person • physical • picture • pig • pin • pipe • place • plane • plant • plate • play • please • pleasure • plough/plow • pocket • point • poison • polish • political • poor • porter • position • possible • pot • potato • powder • power • present • price • print • prison • private • probable • process • produce • profit • property • prose • protest • public • pull • pump • punishment • purpose • push • put

Q

quality • question • quick • quiet • quite

R

rail • rain • range • rat • rate • ray • reaction • reading • ready • reason • receipt • record • red • regret • regular • relation • religion • representative • request • respect • responsible • rest • reward • rhythm • rice • right • ring • river • road • rod • roll • roof • room • root • rough • round • rub • rule • run

S

sad • safe • sail • salt • same • sand • say • scale • school • science • scissors • screw • sea • seat • second • secret • secretary • see • seed • seem • selection • self •

send • sense • separate • serious • servant • sex • shade • shake • shame • sharp • sheep • shelf • ship • shirt • shock • shoe • short • shut • side • sign • silk • silver • simple • sister • size • skin • skirt • sky • sleep • slip • slope • slow • small • smash • smell • smile • smoke • smooth • snake • sneeze • snow • so • soap • society • sock • soft • solid • some • son • song • sort • sound • south • soup • space • spade • special • sponge • spoon • spring • square • stage • stamp • star • start • statement • station • steam • stem • steel • step • stick • sticky • stiff • still • stitch • stocking • stomach • stone • stop • store • story • straight • strange • street • stretch • strong • structure • substance • such • sudden • sugar • suggestion • summer • sun • support • surprise • sweet • swim • system

table • tail • take • talk • tall • taste • tax • teaching • tendency • test • than • that • the • then • theory • there • thick • thin • thing • this • though • thought • thread • throat • through • thumb • thunder • ticket • tight • till • time • tin • tired • to • toe • together • tomorrow • tongue • tooth • top • touch • town • trade • train • transport • tray • tree • trick • trouble • trousers • true • turn • twist

umbrella • under • unit • up • use

V

value • verse • very • vessel • view • violent • voice

W

waiting • walk • wall • war • warm • wash • waste
• watch • water • wave • wax • way • weather • week •
weight • well • west • wet • wheel • when • where • while
• whip • whistle • white • who • why • wide • will • wind
• window • wine • wing • winter • wire • wise • with •
woman • wood • wool • word • work • worm • wound •
writing • wrong

X

（無，我知道你曉得X-ray，但是很抱歉，沒有在榜上就是沒
有在榜上，偉人的想法果真跟我們一般人不大一樣啊。）

Y

year • yellow • yes • yesterday • you • young

Z

（無，我知道你會zoo，但是還是很抱歉，語言學家查爾斯一
點都不在乎動物園啊！）

我們都學錯了英語？

最近在中國大陸的《中國青年報》上看到一則相當有趣的新聞，是說北京市有6個外籍教師，應記者要求試著作答當年的英語高考（相當於聯考）試題，滿分是150分，應該是90分才算及格，可是這6個外籍教師的平均得分竟然只有71分。按滿分100分折算的話，還不到50分，這些老師考完之後還滿面驚恐地問：

「你們這是考英語嗎？」

這個事件讓我開始思考，究竟是外籍英語教師的水準，真的普遍上不及格，還是會去中國大陸當外籍英語教師的老外，水準特別差？ 如果同樣的場景，搬到東京、台北，或是首爾，是不是就會不同？

我的猜測是，任何一個國家的外籍教師，考任何一個亞洲國家中學生的英語試題，都很容易會不及格！但是這個出乎一般人意料的結果，以英語為母語的大學老師，竟然連中國大陸的高考英語都考不及格，這個臉可真丟大了。這時候，義和團又可以高舉著旗幟，慷慨激昂地大聲呼喊：

「外籍英語教師的英語程度還不如我們國家的高中生！」

「外教統統給我滾回去！！」

但是這驚人的場面之所以沒有發生，因為我們似乎證實了一件長久以來心中的疑竇：

「會不會是我們教錯了、學錯了？」

表面上全世界十幾億人都在學英語，TOEIC滿分900的年年都有，韓國、中國大陸、台灣，報紙上都看得到，命題專家以能出怪題難倒學生為榮，社會以全民英檢證書為榮，最後英語競試，變成整人大賽。可是除了印度、新加坡跟一部分香港人外，有多少亞洲人能流利地使用英語？ 又有多少人能在公開正式場合做到

同步口譯？政策大力推行的英語學習，創造許多補習班的產物，
擅長在紙面上做選擇題，但是卻忘記了語言是為了運用，這麼重
大的前提。難怪在中國，這樣的英語教育，被笑話稱作「殭屍英
語」，這種形容還滿生動的。

湖南城市學院國際交流中心主任，主要從事應用語言學研究
的胡亮才副教授，曾經發表過一篇〈外籍教師在中國的英語教學
透視〉，針對外籍教師已成為高等院校引進國外智力重要環節的
事實，如何改善外籍教師在中國課堂的英語教學，完善其教學的
統籌管理，挖掘其在教學上的優勢，我想藉這機會轉述這篇論文
的內容，讓大家可以嘗試從教育學家的角度，來看我們想藉由外
籍英語教師，學習英語的真正意義。

首先，在胡老師的這篇文章中，他指出外籍教師英語教學的
優勢和特長主要有三個：

（一）強調學生為中心，注重雙邊、多元活動

胡老師說他曾對湖南城市學院的中澳國際合作班學生就外籍
教師的專業教學進行過調查，絕大多數同學首先談到的便是外籍
教師在教學中強調以學生為中心，注重雙邊活動、多元活動這一
特點。

比如，澳洲籍的老師在進行專業課程時，如果哪一章節內容
枯燥難懂，他就會在課前出一些作業，讓同學們回去先進行研究
性調查，如實地考察、問卷調查、個案分析、小組討論等，回到
課堂，讓學生成為主體，分別作presentation（演示），老師和學
生一起充當聽眾提出問題，分析、解決問題，他們強調學生應有
自己的獨到見解，應看到學生的潛力，這樣，不但使學生迅速掌
握深奧的專業知識，同時也激發了學生潛在的表達欲望，提高了
學生的口頭表達能力。從事英語專業教學的外籍教師鼓勵學生通

過扮演各種角色去理解和掌握語言，如：口語課通常沒有固定的現成的教材，外籍教師就以某一個國家為背景，設置中國學生出國留學將要面臨的種種場景，每一個場景就是一堂課，從下飛機到機場出口處，入住旅館，學校報到、註冊，醫院體檢，去公司求職面試等各種場合均使用與日常生活的衣、食、住、行緊密相連的用語，他們強調學生的主體性，在課堂上盡可能擴大學生思考和實踐空間，這樣，使學生在樹立自信、自主意識的基礎上，願意學習，樂於學習，主動參與老師組織的教學活動，從而形成師生之間，學生之間雙元、多元互動的教學局面。

（二）課堂教學生動有趣，形式豐富多彩

胡老師說到很多同學提到上「外教」的課，他們感到輕鬆愉快，課堂氣氛活躍，形式豐富多彩，相當有趣，同學們描述了課堂上外籍教師豐富的體態語言、隨意的課堂行為以及有趣的教學方法：

「外教喜歡設置虛擬的場景，而講課時常常就像演員在台上表演，唱呀、跳呀、拍桌子呀、做手勢呀，面部表情和身體語言都很豐富，講到高興處，有時還會放開嗓門唱上一曲，讓我們感到十分輕鬆愉快。」

「外教上課，有很大的隨意性，不僅講課內容不定，上課地點也可改變，有時還帶上樂器。例如老師見太陽出來了，立即叫我們到室外的花園中去上課，全班30多人圍著老師，聽他邊彈吉他邊唱一首美國鄉村歌曲。演唱完後，老師介紹了歌曲的作者和當時的背景。那樣的課，我們只覺得時間過得很快，在溫馨浪漫的氛圍中，感受了西方文化，欣賞了西方音樂。」

外教十分善於利用青年學生追求新穎、奇特、愉悅的天性，調動一切外界因素，如天氣、實物、音樂及豐富的身體語言，盡

量構建教學的趣境、諧境、美境，激發學生學習英語的興趣，使學生在教師的指導下自覺主動地獲取英語的語言知識和語言技能，提高學生文化素質以及跨文化的交際能力，除此之外，他們擅長於實物教學，大量使用圖片、模型等有關教具進行講解，而且大多數外教還擅長簡筆畫，對學生不熟悉的事物在黑板上幾筆勾勒出來，使課堂倍加生動，學生一目了然。

（三）課堂氣氛民主平等，教師形象幽默風趣

1999年，美國Hampton出版社出版了美國加州大學教育系教授 Art Pearl博士與人合著的著作《民主課堂──從理論到實踐》（The Democratic Classroom：From Theory to Practice）。在該書中，作者談到了民主課堂應遵循的主要教學原則：（1）說明和協商，而不是強迫壓制或自由放任；（2）包容而非排除；（3）學生平等參與對其生活有影響的決策活動；（4）對每個學生在課堂上取得的成就給予一視同仁的鼓勵。接著，作者介紹了民主課堂的特徵，胡老師歸納為以下幾點：

一、鼓勵學生提問；

二、尊重學生選擇的權利；

三、對學生平等相待；

四、解除學生學習上不必要的痛苦（這些痛苦表現為讓學生蒙受羞辱，對所學功課失去興趣以及失群和孤獨）；

五、滿足學生安全感、舒服感、實用感、興奮感、創造感等人類天性所追求的共同感受。

對照 Art Pearl博士的民主教學的上述原則，分析外籍教師的課堂教學，我們不難發現，外籍教師的教學過程就是貫徹執行民主原則的過程。課堂上，教師希望學生參與教學，回答問題，但又「不指名道姓」，是教師尊重學生並給予學生自主選擇的權

利;講課時,老師用「期待的目光注視學生」,面對全體學生發問「Anybody wants to try?」是一視同仁地鼓勵,而非強迫學生參與課堂活動;豐富的面部表情和身體語言,利用外界因素創造樂學環境,解除學生學習上不必要的痛苦,激發他們的學習興趣;學生答題錯誤時,老師不讓其感受「難堪」,常常說「Try next time, will you?」答問的學生便會「從容不迫地坐下,心中想的是下一次怎樣做得更好」,滿足學生的安全感、舒服感。從教的角度上講,民主教學是教師利他價值觀的體現,它表現了教師樂於為學生服務的態度。中國文化講究含蓄持重,中國人心目中的教師形象都以嚴肅認真的師表為楷模。而西方人則主張弘揚個性,注重個人表現,在課堂教學中的教師形象也多幽默風趣、善於表演。語言代表文化,外籍教師的介入如同活躍的「酶」給中國英語教學注入了活力,學生「感覺不到老師的權威與尊嚴」,「感覺不到師生間的界限」,「倒像是與朋友聊天」,他們把活脫脫的語言與文化一併帶來,用他們得心應手的母語,駕輕就熟地給中國學生講授英語,這種得天獨厚的語言優勢,是中國教師無法比擬的。

在Chapter 6的PREP練習裡面,我擔任ESL教授的朋友John Iveson專門為這本書的讀者介紹他的方式,就特別容易看出胡老師上面說的民主原則。

當然,外籍教師在英語教學中也出現一些問題,胡老師提出來:

在充分肯定外籍教師教學特點和風格的同時,筆者也注意到了他們教學中存在的問題。如:有的外籍教師缺乏在中國的教學經驗,過高或過低估計中國學生的語言實際能力,有時不給學生一個應有的沉默和思考期,一提出問題就要求學生馬上作答,這種過高的要求使得一部分學生對語言學習表現得焦慮不安,遇到

回答問題時就低下頭不敢作聲；另一方面，個別外籍教師將中國的大學生當小學生來教，課堂上做遊戲唱主角，且遊戲的內容過於簡單，滿足不了學生需求的信息量。另外，外籍教師對中國的英語教學大綱有較大的爭議，中外英語教學大綱有較大的差異，國內英語教學大綱尚不能完全與國際標準接軌，外籍教師對國內使用的教材，普遍認為內容有較大的滯後現象，採編的形式也多單一樸實，往往由他們自己選用和增補外來材料，故他們選編教學內容比較隨意性，缺少系統性、嚴密性、邏輯性。除此之外，有的外籍教師對我國的常規教學管理細則知之甚少，如考試須知、課堂管理須知、課外輔導、相互交流活動等等都不太了解，因而或多或少影響其教學效果。

胡老師認為，外籍教師純正的口音、道地的西方風情、文化介紹對中國學生的英語學習具有幫助和促進作用是毋庸置疑的，外籍教師的引進也為國內課堂的英語教學提供了原汁原味的英語本土風情，注入了新鮮的血液。在教學實踐中，外籍英語教師與中國英語教師間增加了交流，形成了一個既有多元文化又有協作精神的團隊，但是，外籍教師來自世界各地，國籍、專業各異，對不同的教育體系的體驗也有較大差別，如何幫助外籍教師盡快適應中國的工作環境，如何改進外籍教師在以往的教學中有些忽略而做得不夠的地方，如何優化和提高外籍教師教學的效果，解決辦法可以從院系英語教學內容、考試標準以及常規教學須知等方面制定一系列管理措施來統籌管理外籍教師在國內課堂的英語教學。

胡老師建議的解決方法一：課內課外一體化教學要求

1. 課內教學內容（Content of Teaching）。為了確保教學中有一個良好的協作，每位外籍教師需在開學初準備一份課程教學

綱要。該綱要（2~3頁）應該明確指出課程的教學目的，以週教學單位為基礎的教材使用目錄以及相關的課程作業和考核標準。如果兩個或兩個以上的教師教授同教一門課程，應自成小組，互相交流，共同起草出一份課程的教案。如果教師決定不使用原定的教材，應把自己選定的材料提交一份複印件，上報教學管理部門，同時要求教師在每次上課前必須完成一份簡短的教案，陳述本次課的教學目標、教學活動及其教學內容。

2. 英語角（English Corner）。要求外籍教師積極主持或參與每週一次的英語角。英語角著力於給學生提供在各種不同的非正式場合應用英語、鍛鍊口語的機會。每次英語角安排一個中國英語教師或口語較好的學生協作進行組織工作。

3. 講座（Lecture）或一年一度的中外教學研討會。要求每位外籍教師每學期進行一次面向全院的涉及文化、教育、時事、旅遊的講座，通過交流和比較，增強雙方的跨文化交際意識，中外教學研討會要求中外教師在相同的教學領域內總結交流不同的教學體驗，吸取各自教學的優勢和長處。

胡老師建議的解決方法二：教學常規管理內容

1. 教研活動（Attending Meetings）。為確保這支國際教師隊伍成員間交流與合作的暢通，應明確：兩週舉行一次課程教研會議，要求外籍教師準時參加。目的在於討論教學中出現的問題及學生的有關事宜。

2. 考試（Examinations）。要求所有外籍教師在一學期舉行期末考試。如兩個或兩個以上教師教授同一門課程，且教學對象一樣，他們應商討合製一份命題統一的考題。其格式、試題類型、考試內容等應在規範化的前提下有所創新。

其他如教學守時（Time-keeping）、教學輔導時間（Office

Hour）、相互聽課交流（Peer observation）等作爲教師個人職業道德和教學業務提高的一部分，每位外籍教師應與中國老師有著同樣的要求。

　　先放下學英文的學生角色，看看外籍英語教師麥可跟中國教育學者胡老師的觀點，知道不同立場的老師怎麼看待學生，不同國籍的老師之間如何彼此看待對方，不同的老師又分別怎麼看待學英文的學生，應該可以感受到已經像辯論台的兩方，在我們面前形成了一個可以辯論的結構，要如何讓我們可以透過英語這個平台，有效使用這些觀點，跟世界上其他人平起平坐，而不是各說各話，就是這本書主要的目的（請大家開始畫重點），也是最後一章的討論重點（感覺氣氛逐漸肅穆）。

○ **Chapter 4**

○
○ 桃太郎、孫悟空與
○ 陶樂斯的背包旅行
○

來自加州的竹節蟲先生，在我英語學習啓蒙的路上，逼我心甘情願學習了生平最重要的850個單字，在這學習的過程中，幼小的心靈裡，一直有個重要的目的，那就是希望我能夠成為竹節蟲先生的朋友。

但是學習了這些字，也知道它們的用法之後，我卻發現我只能變成竹節蟲先生心目中，兒童美語班裡一個比較容易應付的外國學生，我們之間並沒有建立任何的友誼。當然，日後在旅行過程當中，認識很多藉由在每一站當英語教師，賺足下一站出發的旅費的年輕人，我才比較釋懷，竹節蟲先生，並不是要來台灣跟小朋友交心的，所以我們之所以沒有辦法在華苓菲瑜珈舞蹈教室昏黃日光燈下的特價兒童美語班裡成為無話不談的忘年之交，並不完全是我的錯。（搖食指）

我們就像是完全不同的機器，發動的燃料一個是柴油，一個是天然瓦斯，心靈引擎構造根本就不同，像《綠野仙蹤》裡桃樂絲要跟稻草人還有獅子，做出跨物種的心靈交流，實在是很不容易的事啊！更何況桃樂絲跟稻草人還有獅子，三個都說著帶堪薩斯腔調的美語，這時候他們的路程上如果突然冒出說著中文的齊天大聖美猴王帶著豬八戒，或是說日文的桃太郎帶著猴子，雖然這些角色看起來應該都會跟綠野仙蹤的故事滿配的，三個故事的主角反正都是要去遠方旅行的背包客，為什麼不乾脆一起走算了？路上還可以彼此照應，但是任何讀者都不至於妄想他們的旅程會順利，除了三組人馬語言不通之外，對於這個故事應該要怎麼進行下去，應該也很難達成一個共識吧？

這種把《桃太郎》、《西遊記》跟《綠野仙蹤》放在一起的假設，其實就很像到國外的青年旅館，遇到形形色色的背包客，各自因為某種毫不相干的原因，而正巧都在旅行的路上，共同使用一間廁所裡的同一捲衛生紙，如果只是基於「大家都是背包

客」的天真假設，希望一起上路，建立起堅實的友誼，讓三個原本平行的故事，相遇之後整合成一個故事，至少需要兩個重要的元素：

1.桃太郎跟孫悟空跟桃樂絲，每組至少要有一個成員代表能說共同的語言，這是需要克服的語言障礙。

2.桃太郎跟孫悟空跟桃樂絲三組人馬，旅行觀要能夠溝通，不然這些人個個都個性強悍，一定會血光四濺，同歸於盡。這是需要克服的文化障礙。

我們絕對不會天真的以為，只要孫悟空學會講英文，就可以進入綠野仙蹤的故事裡，而不至於造成大災難，也不會以為桃樂絲把彬彬有禮的日文學好，喜歡穿小碎花洋裝的美國女生就會願意跟圍著紅肚兜在路上走的桃太郎，被看見一起出門。要讓孫悟空穿polo衫，稻草人換掉滿是補釘的牛仔帽，這劇本可不是隨隨便便就可以安排的，成功的跨界演出，讓這三批人馬都能夠交朋友，就像我要跟竹節蟲先生成為真正的朋友，排除語言跟文化兩種障礙，是同樣重要的。

跟蒙古人MSN

為了討論語言障礙跟文化障礙，我上網問一個中英日文都很厲害的蒙古朋友Haburi，看她是怎麼想的，之所以找她，是因為之前聽她提起，內蒙跟外蒙的年輕人上網聊天，彼此要把蒙文用英文拼音才能互相了解，因為內蒙用的是舊蒙文（就是長得像是沒有點跟圈的滿文），外蒙使用的卻是俄文字母拼音的新蒙文，就像簡體繁體中文，會讓兩岸的中文產生使用上的差異，兩個年輕人一個從小在台灣一個從小在大陸，上MSN到底是誰配合誰的邏輯？

就像蒙文跟中文，英文也面臨類似的情況，英式、美式還

有紐澳式三套大同小異的英文，雖說是大同小異，但是網路族群對於「語感」是最敏銳的，慣用語的語感不同，就很難覺得是同一掛的人，所謂的「小異」，會不會從文化障礙衍生成語言障礙呢？我問許多以英文為母語的網路使用者，但是他們都說沒想過這個問題，我認為如果把這個搞清楚了，應該對於外國人提升英語能力，會有很大的幫助吧！

以下就是我跟Haburi的對話實錄：

Shiro says：
最近我在想一個問題。

Haburi says：
刚打开网站。你在旅途不太方便上网吧？
明天是中秋。

Shiro says：
我現在人在土耳其，找了家星巴克上網。

Haburi says：
（暈）
土耳其应该没有月饼。

Shiro says：
對了，想問妳蒙古的年輕人，是否在MSN上也有流行和慣用語呢？是否蒙古國跟內蒙的年輕人會因此無法了解對方在說什麼的程度？

Haburi says：
都用拉丁字母，不用传统的蒙古语也不用俄罗斯字母的蒙语，而是都用拉丁文字母拼写沟通。

Shiro says：
我的意思是流行語之類的，

像是簡繁體中文，兩地的年輕人表達的符號流行語就不同。

Haburi says：

有很多。但是差別不会太出格。就像你和我。台湾和大陆有差別，但不是变成别的语言了。仔细听的话，能听出来的。

Shiro says：

但是台灣人用orz 在中國的年輕人就不明白，這類似的情形在蒙語的聊天室多嗎？

Haburi says：

额，这个话大陆好多人也都用啊！

网络这么发达。不过他们的名词有的是俄语。

就像护照啊、证件啊、纽扣之类的都用俄语。

Shiro says：

所以妳會特地去學外蒙年輕人的流行語嗎？

Haburi says：

没有特意的去学习，因为在网络上经常看得到，比如蒙古国的流行音乐、晚会、电影，都会接触。

还有一个特别大的蒙古人论坛，上面蒙古国和内蒙的，或者世界各地的蒙族都在上面聊天，有时间就进入论坛，反正大家都很善意，或者争论一些什么民族啊发展这类的问题。

Shiro says：

我最近爲寫一本新書在做調查，發現英國美國澳洲的年輕人，雖然表面上都說英語，但是年輕人的慣用語或是IM時候的流行語，卻幾乎完全無法溝通，所以我想知道蒙古是否也有類似的情形？

Haburi says：

也许这个就是民族的差异性，比如中文也有类似的情况，有很多惯用语。好像日语也有吧。但是蒙语很少。

Shiro says：

是啊。但是日語的語言使用族群，比較是以年齡區分，方言也有，但彼此若是不同地方來的日本年輕人，就刻意不使用方言，都用標準語。

Haburi says：

但是蒙古族這情形就很少。

Shiro says：

因為畢竟日語使用者沒有被分隔在兩個地理區域。

Haburi says：

反正我知道蒙古语很少。

Shiro says：

明白了，這有點意思

Haburi says：

我也不知道原因。

Shiro says：

中文英文使用的都非常多，但是蒙語卻少，妳覺得這跟使用語言的總人數多寡有關係嗎？

Haburi says：

也许吧，或者人们的表达习惯。比如我说中文的时候就很复杂。说一个问题的表达方式很多种。但是蒙古语的语言只有那么一种，如果你想选择表达方式的话，只能选择语气，但是不能选择语句（字词）。

Shiro says：

會不會是蒙古的知識分子（有上網能力者）說話比較正式？

Haburi says：

知识分子，呵呵。逗死了，能上网的大部分都是年轻人。

Shiro says：

就像你我說話時也比較正式，不會使用地方俚語或流行語。

Haburi says：

我其实可以用很多种方式说的呀，只是觉得你很严肃。所以哈哈……

我和我其他的很玩的朋友说话，完全不是这个格式。

Shiro says：

http：/blog.roodo.com/chaiwanjui1977/archives/10115653.html
舉個例子，像這個在台灣很受歡迎的博客，就充滿妳一定無法理解的中文用字。

Haburi says：

我现在打不开台湾的网站。

Shiro says：

中國類似這樣的博客，以誰最知名？

Haburi says：

你能不能拷贝一部分给我看看。

Shiro says：

我貼幾句給妳看吧！

……

當初會想買房子，主要是因為我這人沒什麼安全感
常會幻想著老了以後嫁不掉（說穿了也不過就像我現在這樣柳）

……

三不五時可能會被家母安排跟老兵相親嗯湯啊嗯湯

……

沒了老木在身旁嘮叨更是讓人感覺法令紋都變淺了。

……

讓對方看到我整潔的居家環境，肯定會按下立即購的柳～

醬的日子不知持續了多久

……

在下有個壞習慣，就是沒有社交生活的話
假日就讓乃口放個假（看起來我對內褲像對菲傭啊），只著
男性四角褲閒晃。

有個禮拜天的晚上，我發現這兩天都沒穿上內褲縮（羞）

Haburi says：

这个难理解吗？哈哈，我和我的朋友们说话都是这样子的。
现在年轻人写博客都是这种模样，叫比较狗血的博客。

Shiro says：

也是吧！我說的是一些字眼，像是老兵、菲傭，都是台灣的
文化特殊現象，「縮」、「柳」是非正式的台灣國語。妳讀了不
會覺得眼前出現柵欄嗎？

Haburi says：

他用的都是网络语言嘛。

Shiro says：

可是這些都是台灣社會發展跟方言口語的獨特表現。

Haburi says：

我沒有看出來是台湾方言，大陆很多网络日志都是这么写
的。

Shiro says：

大陸也用「醬」嗎？

Haburi says：

就这样子=就酱紫
表=不要
还有很多，干脆你咨询我吧，哈哈！

Shiro says：

像「表」台灣就絕對不會用。

Haburi says：

是吗？但是我们经常和台湾的网友聊天的呀。

聊一聊就通了。

Shiro says：

「嗯湯啊嗯湯」是閩南語「不行啊不行」。

Haburi says：

啊，闽南语部分不懂。

Shiro says：

所以會很自然跳過去？

Haburi says：

不会，能理解的——从前后语言。

实在看不懂，找台湾的小朋友问啊！

Shiro says：

所以首先語言邏輯要相同，否則連猜測都無法猜測。

Haburi says：

我觉得我们两个的观点不一样啊！

我觉得这个很容易学得到，大概几个晚上就学会啦！

Shiro says：

可是英國人跟澳洲人就不會彼此學習網路語言，只會避免使用。

Haburi says：

那他们不需要沟通吗？

Shiro says：

當面聽不懂會問，但是網路上就會用正式英語溝通。

Haburi says：

哦！

Shiro says：

就像我們現在用正式中文。

Haburi says：

是啊，因为我用网络语言，怕你听不懂。

Shiro says：

（怒）

這個「調整」就是一種邏輯的表現。

Haburi says：

是吗，我只是觉得好玩。

Shiro says：

這個選擇是有意識的。

Haburi says：

对，应该是。

Shiro says：

如果妳用日文MSN聊天時，會偏向正式還是網路語言？

Haburi says：

那看对方是谁啊！

如果我们单位的那几个人，我就无所顾忌，不过换了比较陌生的，有距离感的，或者工作有关系的，就会很郑重。

Shiro says：

所以妳把每個語言都切成兩個版本，基本上就是當作兩個語言對待。

Haburi says：

好像是。

Shiro says：

但是蒙語，是不是因為蒙文的使用者，都像英國和澳洲的人，知道彼此用詞習慣不同，因此刻意避免，造成使用的不便，

可以這樣說嗎？

Haburi says：

我再想一想。

（沉默）

不是，我还是刚才的答案。

Shiro says：

那是？

Haburi says：

蒙古语没有那么多的选择，蒙古语的改编只能在语气和表情上。

Shiro says：

妳確定不是因爲每個蒙語的網路使用者，都正在用另外一個語言（拉丁字母）在拼音蒙語？

Haburi says：

不是文字上。

Shiro says：

而且雙方學校裡教的不是中文就是俄文。

Haburi says：

我再好好想一想。

Shiro says：

嗯，我很好奇妳的答案優。

Haburi says：

我给你讲一个事情，也许会有一个答案。

我有一个不是很要好的朋友是歌手。当然是蒙古族了，最初是一个没有名字的歌手，后来有些名气了，但是他每次回家，他家乡的人和他打招呼，仍然只有一个方式：「嗨，你最近忙吗……」

在他家乡的街道和什么公共场所，没有一个人因为见到这有点名气的歌手而尖叫或者要签名，而且连问候的方式都没有改变。

这里面有没有答案？

Shiro says：

換我想一想。

（沉默）

Haburi says：

如果没有答案的话，我再想一想其他的解释的方式。

Shiro sends：

（沉默）

Haburi says：

MSN传东西很慢的。

Shiro says：

這樣說好了，我觀察自己，講中文比較正式，跟我常住在外國有關係，敢自由使用變化中文的人，都住在使用華語的地方。

Haburi says：

可能是社交圈决定的。

Shiro says：

就像英國改編莎士比亞的劇特別自由不拘，但是換成亞洲人演出莎士比亞劇就很一板一眼，我覺得這是自信問題。

Haburi says：

对呀，所以我就没有喜欢上莎士比亚的作品，就因为亚洲人把他演死了。

Shiro says：

因爲不是自己血液裡的東西，所以不敢。

這是我對你的故事的感想，那個蒙族歌手被認爲是自己人，

所以他們「敢」。

Haburi says：

我的逻辑有点混乱了。

Shiro says：

中國人也不敢很自由的用英文，怕文法不對，但是英美的人就完全不在乎，沒看給外籍教師高考的題目，滿分一百五，6個外籍教師平均只拿71分嗎？

Haburi says：

我是想解释，一个语言的变化，和一个民族的习惯和观念也有点关系。

Shiro says：

如果這樣說跟民族性比較有關的話，妳使用中文時候應該像用蒙語時那樣，也只有語氣的變化，但是並不這樣啊！

Haburi says：

我对待中文和对待蒙语当然是两种态度啊！

Shiro says：

說不定這就是我說的邏輯。

妳跟我說話的中文邏輯，跟妳與網友使用中文的邏輯，或許根本是兩套語言。

Haburi says：

啊，是。

Shiro says：

表面上都是中文，差別在於正式不正式，但實際上可能根本是不同語言。

Haburi says：

是啊！大陆管这个叫「非主流」，就是这种语言也叫「非主流用语」。

Shiro says：

只說這是另類，我總覺得有些過於簡化，不過謝謝妳的分析，現在我比較清楚妳的使用習慣了，原來妳的作業系統裡有兩套中文，兩套日文，外加一套蒙文，這很不得了啊！

Haburi says：

很多时候，是一种潮流……可以这么解释吧。

我是你第一个接受调研的人吗？

Shiro says：

我之前跟一個朋友討論，他是ESL的語言教學者跟編定教材的人，英國人住在加拿大，面對各種亞洲留學生，所以他比較從語言教學的角度來看。

Haburi says：

哦，知道了，你完全在工作，我完全是觉得很好玩。

Shiro says：

我也覺得很好玩，所以才會想研究這個主題啊！

但是我覺得他說的不一定完全對，所以想問少數語種的使用者，蒙語因為相對來說，使用者圈子比較封閉，網路是否影響語言邏輯，應該比較看得出明顯的脈絡。

Haburi says：

蒙语在我没有发现网络之前已经有很大的分歧了，所以大家交流的时候努力寻找共同点。

Shiro says：

變了變了，開始妳不是說無論是網上或現實生活中，網路對蒙語（或蒙語背後的邏輯）幾乎沒有影響？

Haburi says：

我说的变化，指的是没有因为网络或者流行而产生新的蒙古语的派系。

那我们就换一个思维，比如一个四川人，和一个北京人交流。

Shiro says：

我先前表達的是，是否因為今日蒙語的使用者，都要同時用漢語或俄語思考，所以蒙語就簡化了，以共同能夠溝通為主。

Haburi says：

这个原因赞同。

Shiro says：

你剛才明明反對啊！

（戳太陽穴）

Haburi says：

不对，你刚才说的意思是网络上流行语言的变化，但是我的意思是蒙古语都没有因为网络和流行而产生新的语句。

Shiro says：

因為蒙語字彙比較少，新字都是外來語？

Haburi says：

因为蒙古语很早以前因为地域的原因就产生了差异，现在基本名词都是外来语了，也无所谓改不改变了。

Shiro says：

中文的外來語會逐漸使用後統一，像是「計算機」跟「電腦」，使用者各自使用一些年後自然而然決定一個，淘汰另一個，雖然兩個都是新創語詞

Haburi says：

好像有一个叫文字协会之类的……

Shiro says：

規定是沒有效果的，最後都是使用者共同的意識決定的，妳沒看internet一開始在大陸訂為「互聯網」、「因特網」，不也都

淘汰了？

Haburi says：

你看，台湾说软体。大陆说软件。

还有什么数位。大陆说數碼。

Shiro says：

我相信這就是語言還在調整角力的過程，過幾年恐怕也會剩下一個，像是「部落客」跟「博客」，以後也只會留下一個共用的。

Haburi says：

嗯，接着就再产生新的名词。

Shiro says：

總有一個會漸漸不見，這就是語言的進化。

Haburi says：

嗯，最后全世界都只用一个文字，剩下一种民族，就是所有进化的结果……是这样的吧？

Shiro says：

但是我還看不出來IM的用語，會進化成取代正式用語，還是會持續保持不斷變動的狀態，像是另外一種年輕的語言，因為IM用語也已經淘汰了好幾代，隨著使用者成長改變。

Haburi says：

那要看这些年轻的语言，有几个能被主流接受。

Shiro says：

舉個證據http：//www.telegraph.co.uk/news/newstopics/howaboutthat/4601440/Bebo-teen-slang-terms-to-appear-in-Collins-dictionary.html

英國媒體找了一批18～24歲的年輕人投票，決定把哪些新的流行語變成字典上正式的字彙，可是結果他們只選出24個新字，

並沒有像想像中把成千上萬的新造字詞，都投入新字典裡，所以顯示年輕人在網路上，雖然把創造字詞當家常便飯，卻並沒有要改變正式語言的意思。

Haburi says：

现在国庆期间，不给我们网民随便跑国外网站的。

Shiro says：

這就表示新語詞要超越過渡階段，成爲永久字，其實是很不容易的。

Haburi says：

等十一活动结束以后，我们才能自由，所以我看不到你发来的所有网站。

Shiro says：

這也是另一種過渡吧！

基於好奇，妳能流利使用這麼多語言，在MSN通常保持聯絡的，台灣，大陸，內蒙，蒙古國，日本，大概各有多少人？

Haburi says：

我數一下……平均每一國有2-10个不等吧？

Shiro says：

很平均嗎？

Haburi says：

日本的可能多一点，台湾的最少。

比如我想从台湾买东西，比如他们在大陆找工作之类的，就會跟台湾人交流。

蒙古国的话，随便谈，音乐。草原。牛羊。呵呵。大部分都围绕民族保护类的话题这样子。还有共同的爱好，比如环保群，论坛认识的，就是这样子。

还有就是共同喜欢一个作品啊，或者歌手啊，或者喜欢同样

的活动、景色都可以成为朋友的，不过我不善聊天。很多时候没有时间。

Shiro says：

明白了，真是很有收穫的談話啊！

（熱淚盈眶）

Haburi says：

好的，中秋快乐

Shiro says：

（驚）蒙古人過什麼中秋！

Haburi says：

我不过。

Shiro says：

還好，嚇我一跳。

Haburi says：

我连狗肉都不吃，可想我对民族的尊重。

不过可以把这个当作团圆，抛去历史。另外觉得月饼很好吃。

Shiro says：

（笑）

這也是邏輯轉換。

在日本，有語言學校專門教語言邏輯轉換，六個星期五萬日圓。

Haburi says：

那你看，我还认识吃猪肉的回民呢！……这个也叫发展，和语言的发展是同步的。

你要去学习吗？

Shiro says：

就是生活環境的變遷，讓有些傳統合理，有些失去合理性吧！

沒。就只是在調查不同語言學習英語的態度。

Haburi says：

我懂事开始，就一直必须要思考语言的变化，和民族特征的消融。

和我接触的几乎所有人，都会让我回答同样一个问题：语言的变化……民族的变化……嗯，快成哲学家了。

Shiro says：

好樣的。我去吃飯了。

Haburi says：

我也该吃饭了88。

Shiro says：

掰

○ **Chapter 5**

○ **解除語言障礙：**
○
○ **1,000個能完整表達自我的字**
○
○

要能夠交朋友，只有求生用的BE850字彙，相信查爾斯先生在天之靈，也沒有辦法得到安息，如果要能夠用英語享受旅行或生活的樂趣，就要跨越凡事必須借助比手畫腳的力量那個階段，不是說到餐廳沒點到老鼠藥就可以，也不是問路沒被指到賊窩就足夠，那麼就要從能夠完整表達自己的意見開始。

　　根據標榜英文容易字的網上字典Wiktioary，以下1,000個字被歸類爲英文當中的口語「容易字」（專業上被叫做British National Corpus──BNC1000），加上基本的變化形（包括其中一些僅限俚語或口語裡使用，有些則是英式跟美式的不同拼法，但是我覺得都滿重要的），雖然學1,000個字，等於學了相當氣派的7,000個字（很抱歉，X跟Z還是沒有字上榜），應該是差不多可以大致閱讀像是《TIME》這種內容比較簡單的新聞刊物，或是很愉快地閱讀《Hello！》這種不用大腦的明星八卦雜誌，如果想要在旅行途中跟其他背包客打成一片，晚上還可以拿著一瓶啤酒談心，或是到紐澳去打工度假一年，路上結交幾個一輩子的朋友的話，這些字已經足以讓你平常所有想說的話，充分表達且達到相當精準的程度。

對啦！就是「表達自我」

　　這一階段準備自己程度的目標，應該以每個字都毫不懷疑知道如何使用，並且能輕易用任何一個字眼的變化形，放進日常說話的句子裡的程度爲準，最好總共不超過五十個陌生的字，如果發現不認識的字超過五十個，那就請先熟悉這一階段的字彙之後，再接著往下閱讀！

　　擁有這一千個字彙的能力，桃太郎跟桃樂絲還有孫悟空，都可以各自對彼此說清楚自己是怎麼踏上奇妙的旅程的，而且要去

尋找什麼。對於想要到海外留學的學生，計畫到英語系國家long stay長住的人來說，也都可以透過這一千個字彙，跟另外一個世界的人深入討論、交心，不再需要整天跟外國人說台灣的夜市、臭豆腐、台北101。

A

* able
* about
* absolute
* accept
* account
* achieve
* across
* act
* active
* actual
* add
* address
* admit
* advertise
* affect
* afford
* after
* afternoon
* again
* against
* age
* agent
* ago
* agree
* air
* all
* allow
* almost
* along
* already
* alright
* also
* although
* always
* America
* amount
* and
* another
* answer
* any
* apart
* apparent
* appear
* apply
* appoint
* approach
* appropriate
* area
* argue
* arm
* around
* arrange
* art
* as
* ask
* associate
* assume
* at
* attend
* authority
* available
* aware
* away
* awful

B

* baby
* back
* bad
* bag
* balance
* ball
* bank
* bar
* base
* basis
* be
* bear
* beat
* beauty
* because
* become
* bed
* before
* begin
* behind
* believe
* benefit
* best
* bet
* between
* big
* bill
* birth

* bit
* black
* bloke
* blood
* blow
* blue
* boar
* boat
* body
* boo
* both
* bother
* bottle
* bottom
* box
* boy
* break
* brief
* brilliant
* bring
* Britain
* brother
* budget
* build
* bus
* business
* busy
* but
* buy
* by

C

* cake
* call
* can
* car
* card
* care
* carry
* case
* cat
* catch
* cause
* cent
* centre
* certain
* chair
* chairman
* chance
* change
* chap
* character
* charge
* cheap
* check
* child
* choice
* choose
* Christ
* Christmas
* church
* city
* claim
* class
* clean
* clear
* client
* clock
* close
* closes
* clothe
* club
* coffee
* cold
* colleague
* collect
* college
* color
* come
* comment
* commit
* committee
* common
* community
* company
* compare
* complete
* compute
* concern
* condition
* confer
* consider
* consult
* contact
* continue
* contract
* control
* converse
* cook
* copy

* corner   * correct   * cost   * could

* council   * count   * country   * county

* couple   * course   * court   * cover

* create   * cross   * cup   * current

* cut

D

* dad   * danger   * date   * day

* dead   * deal   * dear   * debate

* decide   * decision   * deep   * definite

* degree   * department   * depend   * describe

* design   * detail   * develop   * die

* difference   * difficult   * dinner   * direct

* discuss   * district   * divide   * do

* doctor   * document   * dog   * door

* double   * doubt   * down   * draw

* dress   * drink   * drive   * drop

* dry   * due   * during

E

* each   * early   * east   * easy

* eat   * economy   * educate   * effect

* egg   * eight   * either   * elect

* electric   * eleven   * else   * employ

* encourage   * end   * engine   * english

* enjoy   * enough   * enter   * environment

* equal   * especial   * Europe   * even

* evening
* ever
* every
* evidence
* exact
* example
* except
* excuse
* exercise
* exist
* expect
* expense
* experience
* explain
* express
* extra
* eye

F

* face
* fact
* fair
* fall
* family
* far
* farm
* fast
* father
* favour
* feed
* feel
* few
* field
* fight
* figure
* file
* fill
* film
* final
* finance
* find
* fine
* finish
* fire
* first
* fish
* fit
* five
* flat
* floor
* fly
* follow
* food
* foot
* for
* force
* forget
* form
* fortune
* forward
* four
* france
* free
* Friday
* friend
* from
* front
* full
* fun
* function
* fund
* further
* future

G

* game
* garden
* gas
* general
* germany
* get
* girl
* give
* glass
* go
* god
* good
* goodbye
* govern
* grand
* grant

* great   * green   * ground   * group
* grow   * guess   * guy

H

* hair   * half   * hall   * hand
* hang   * happen   * happy   * hard
* hate   * have   * he   * head
* health   * hear   * heart   * heat
* heavy   * hell   * help   * here
* high   * history   * hit   * hold
* holiday   * home   * honest   * hope
* horse   * hospital   * hot   * hour
* house   * how   * however   * hello
* hundred   * husband

I

* idea   * identify   * if   * imagine
* important   * improve   * in   * include
* income   * increase   * indeed   * individual
* industry   * inform   * inside   * instead
* insure   * interest   * into   * introduce
* invest   * involve   * issue   * it
* item

J

* Jesus   * job   * join   * judge
* jump   * just

K

* keep
* key
* kid
* kill
* kind
* king
* kitchen
* knock
* know

L

* labour
* lad
* lady
* land
* language
* large
* last
* late
* laugh
* law
* lay
* lead
* learn
* leave
* left
* leg
* less
* let
* letter
* level
* lie
* life
* light
* like
* likely
* limit
* line
* link
* list
* listen
* little
* live
* load
* local
* lock
* london
* long
* look
* lord
* lose
* lot
* love
* low
* luck
* lunch

M

* machine
* main
* major
* make
* man
* manage
* many
* mark
* market
* marry
* match
* matter
* may
* maybe
* mean
* meaning
* measure
* meet
* member
* mention
* middle
* might
* mile
* milk

* million   * mind   * minister   * minus
* minute   * miss   * mister   * moment
* Money   * monday   * month   * more
* morning   * most   * mother   * motion
* move   * Mrs.   * much   * music
* must

N

* name   * nation   * nature   * near
* necessary   * need   * never   * new
* news   * next   * nice   * night
* nine   * no   * non   * none
* normal   * north   * not   * note
* notice   * now   * number

O

* obvious   * occasion   * odd   * of
* off   * offer   * office   * often
* okay   * old   * on   * once
* one   * only   * open   * operate
* opportunity   * oppose   * or   * order
* organize   * original   * other   * otherwise
* ought   * out   * over   * own

P

* pack   * page   * paint   * pair
* paper   * paragraph   * pardon   * parent

* park
* part
* particular
* party
* pass
* past
* pay
* pence
* pension
* people
* per
* percent
* perfect
* perhaps
* period
* person
* photograph
* pick
* picture
* piece
* place
* plan
* play
* please
* plus
* point
* police
* policy
* politic
* poor
* position
* positive
* possible
* post
* pound
* power
* practise
* prepare
* present
* press
* pressure
* presume
* pretty
* previous
* price
* print
* private
* probable
* problem
* proceed
* process
* produce
* product
* programme
* project
* proper
* propose
* protect
* provide
* public
* pull
* purpose
* push
* put

Q

* quality
* quarter
* question
* quick
* quid
* quiet
* quite

R

* radio
* rail
* raise
* range
* rate
* rather
* read
* ready
* real
* realise
* really
* reason
* receive
* recent
* reckon
* recognize
* recommend
* record
* red
* reduce

* refer
* regard
* region
* relation
* remember
* report
* represent
* require
* research
* resource
* respect
* responsible
* rest
* result
* return
* rid
* right
* ring
* rise
* road
* role
* roll
* room
* round
* rule
* run

S

* safe
* sale
* same
* Saturday
* save
* say
* scheme
* school
* science
* score
* scotland
* seat
* second
* secretary
* section
* secure
* see
* seem
* self
* sell
* send
* sense
* separate
* serious
* serve
* service
* set
* settle
* seven
* sex
* shall
* share
* she
* sheet
* shoe
* shoot
* shop
* short
* should
* show
* shut
* sick
* side
* sign
* similar
* simple
* since
* sing
* single
* sir
* sister
* sit
* site
* situate
* six
* size
* sleep
* slight
* slow
* small
* smoke
* so
* social
* society
* some
* son
* soon
* sorry
* sort
* sound
* south
* space

* speak   * special   * specific   * speed
* spell   * spend   * square   * staff
* stage   * stairs   * stand   * standard
* start   * state   * station   * stay
* step   * stick   * still   * stop
* story   * straight   * strategy   * street
* strike   * strong   * structure   * student
* study   * stuff   * stupid   * subject
* succeed   * such   * sudden   * suggest
* suit   * summer   * sun   * Sunday
* supply   * support   * suppose   * sure
* surprise   * switch   * system

T

* table   * take   * talk   * tape
* tax   * tea   * teach   * team
* telephone   * television   * tell   * ten
* tend   * term   * terrible   * test
* than   * thank   * the   * then
* there   * therefore   * they   * thing
* think   * thirteen   * thirty   * this
* though   * thousand   * three   * through
* throw   * Thursday   * tie   * time
* to   * today   * together   * tomorrow
* tonight   * too   * top   * total
* touch   * toward   * town   * trade
* traffic   * train   * transport   * travel

* treat
* tree
* trouble
* true
* trust
* try
* Tuesday
* turn
* twelve
* twenty
* two
* type

U

* under
* understand
* union
* unit
* unite
* university
* unless
* until
* up
* upon
* use
* usual

V

* value
* various
* very
* video
* view
* village
* visit
* vote

W

* wage
* wait
* walk
* wall
* want
* war
* warm
* wash
* waste
* watch
* water
* way
* we
* wear
* Wednesday
* wee
* week
* weigh
* welcome
* well
* west
* what
* when
* where
* whether
* which
* while
* white
* who
* whole
* why
* wide
* wife
* will
* win
* wind
* window
* wish
* with
* within
* without
* woman
* wonder
* wood
* word
* work
* world
* worry
* worse
* worth
* would
* write

* wrong

X

（說過了，沒有就是沒有，我也沒辦法。不服氣的話請直接去找BNC！）

Y

* year   * yes   * yesterday   * yet
* you   * young

Z

（就算擴大到1,000字，Z也還是沒有能上榜的，真是很寒酸的字母啊！）

Chapter 6

解除文化障礙：
因為邏輯本身就是一種外語

如果我們希望說出來的英語，真的能完整的傳達真正的意思，那麼除了有足夠的口語字彙之外（不用多，1,000個就可以了呢），還要有把100%想說的話都說得出口的能力，也就是說話時轉換成對方能夠理解的邏輯。

　　我曾經看到日本有語言學校，專門提供這種「邏輯轉換課程」，而且還不便宜，三個禮拜的課程要29,400円，六個禮拜的課則收費50,400円，就是專門教如何「Detach ideas from words」（脫離字面直指核心），把想說的想法，本質的意義用plain English（簡明直接的英語）表現出來，而不是想在語言（英語）字面上該怎麼逐字逐句翻譯。

　　比如說一個最典型的例子：

　　「この建物は、特別な場合を除いて、どなたでもお入りになれます。」

　　直接翻譯的話，意思就是「本建築物，除非在特別的情形外，任何人都可以允許進入。」這樣的邏輯，無論是日本人還是文法相同的韓國人，或是頭腦邏輯構造相近的中國人，都很清楚知道，不管有沒有「本建築物」這四個字，只要看到一個招牌，就知道可不可以進入指的就是告示牌後面的這棟建築物。

　　「這不是廢話嗎？」

　　所以我們時常就會看到省略的類似告示，單純寫著「除非在特別的場合外，任何人都可以允許進入。」我們也有同樣的理解，因為不管有沒有特別說明，這個句子的主語，「當然」就是這棟建築物，就好像看到「請勿踐踏草皮」的招牌，指的就是招牌四周只要是看得見的地方，同樣叫做草皮的所有地方，都不可以踩進去，但是這種我們以為的「當然」，其實對於使用英語的人來說，並沒有任何「當然」的成分，主詞不但是完全不可以省略的，而且還要非常清楚的強調出來，這就是為什麼我們會

看到，外國人在寫著「請勿踐踏草皮」旁邊一公尺外的草皮上野餐，我們以爲他們明知故犯，不尊重規定，其實他們覺得自己很遵守規定，因爲他們沒有在寫著告示的招牌正下方野餐。

除了主詞要非常明確的界定出範圍外，「任何人（『anybody』）」都「可以進入（『can enter』）」，重點不在人的身分，也不在進入或出去，而在於「對外開放（『open to the public』）」，因爲我們亞洲人雖然說任何人，但是心裡面其實排除了流浪漢、小偷強盜、恐怖分子等等，這些我們覺得不可以讓他們進去的人，不用說也知道，因爲有著這樣的文化默契，所以在書寫告示牌的時候，卻還是寫著「任何人」，而不會費事寫「除特殊人士如流浪漢、小偷、強盜、恐怖分子之外」，可是在英文裡面的anybody，真的就是所有任何人，是沒有任何例外跟條件的，所以我們必須知道，在亞洲語言裡面慣用的「任何人」的概念，其實並不是英語裡面同樣的意思，所以與其把這個標誌如實翻譯成：

Anyone can enter this building except certain occasions.

真正能夠讓人理解的翻譯，其實應該是文字更簡單但是意義跟我們的理解更符合的：

This building is open to the public.

「真的有差嗎？」你可能正以嗤之以鼻的態度，挑戰我的說法。但是不相信的話，下次試試看，轉換過邏輯的plain English，溝通起來真的差很多！話說歸納出850個簡單字彙的查爾斯先生，生前在英國又是語言學家，又是哲學家，聽起來就是個跨界天才的感覺，但是理則學跟語言學，向來就同是哲學的範疇，美國的南密西西比大學（University of Southern Mississippi）甚至有一個教授，提倡把邏輯學當作一門外語課來上！

因爲即使同樣是說英語的人，只要邏輯不同的話，最後還

是無法溝通，所以提倡讓邏輯觀念不清楚的學生，先把邏輯課上好。邏輯不清的大學生，面對專業學術上學習的屏障，跟英語不夠好的外國學生，學習上的困境竟然是差不多的，這個有趣的發現，將語言學習的重點從學習文法，轉變成學習會話技巧，因為一個人的邏輯思維，跟他的母語的結構基本上會很相像，所以學習的時候，來自語言中往往省略主詞的亞洲學生，就會常常有研究對象模糊界定不清的盲點，因為亞洲學生不知道西方人的預設，跟自己基於常識的預設其實是不一樣的（比如「草坪上禁止野餐」這種沒有主詞的標語），所以在這門邏輯課程中，就把八個名詞，跟六個動詞，排列組合成為四十八個不同的句子，要求學生一句一句大聲的念出來，聆聽自己出聲朗讀的內容，體會文法明明相同的句子，是怎麼透過重組變成新的結構，熟悉了以後，才逐漸加入連接詞，進入下一個階段。

了解一個語言的邏輯，才能開始認識用這個語言溝通的新結構，否則的話，我們不斷增強字彙的能力，文法的正確，最終也只能按照我們習慣的邏輯，把中文的思考翻譯成英文以後流利地說出「Anyone can enter this building except during certain special occasions.」這樣讓人丈二金剛摸不著頭腦的話，外表好像是英語，其實是中文的字面翻譯，而沒有辦法用英語的思考邏輯，簡單明瞭地說出「This building is open to the public.」這個句子的真正精神。

從取英文名字學英語的邏輯

如果旅行只是美好人生的開始，那麼吃喝玩樂的下一步是什麼呢？

透過跟讀者的交流，我發現有過豐富的旅行經驗以後，有越

來越多的人不想當沉默的亞洲人，或是只會聊好萊塢明星八卦的背包客，開始尋找如何透過英語在正式場合跟外國人平起平坐的方法。

最近正在幫忙一群快要出國參加會議的大學生做準備工作，我當時問這些來自一流學府的大學生：

「你們找我來，最重要希望達成什麼目的？」

「我們希望知道如何能在外國人面前辯論，及時說得上話，而不是站著發愣。」

表面上看來，這似乎是個簡單到可笑的問題，這些原本就是家事國事天下事，事事關心的年輕人，已經有很多的想法跟觀點，不是把這些論點用英語說好就得了嗎？

再深入一想，這些學生會找在海外居住生活比在國內久的我來協助他們，肯定有僅僅比「語言」更多的需求，否則的話他們找英語會話老師不就好了嗎？

所以最近下定決心，根據我自己從旅行到求學，工作到生活的經驗，有系統來分享如何透過日常使用的英語，達到跟外國人平起平坐。

以世界為家多年，我漸漸清楚看到，英語和大多數亞洲語言最大的不同，不是發音更不是文法，而是邏輯思維。

邏輯思維，聽起來好像很抽象，但是我舉取名字為例，就很容易明白了。

亞洲人的父母幫孩子取名，無論是泰國還是香港，韓國或是台灣，都希望能夠取個吉利的名字，但是外國人取英文名字，「意思好」不重要，絕對不會是因為意思吉祥，在乎的是「聽起

來」怎麼樣。

聽起來好不好聽，跟中國人翻家譜、算筆畫、排八字比較起來，表面上好像很沒學問，不如取一個「特別」的名字，像是Heather、Rose、Agnes、Grace，這些我們查字典後覺得又響亮意思又美麗的名字，但是這就輕易看出亞洲人普遍對於英語邏輯的誤解，這些名字雖然好，但是在十八世紀適合，二十一世紀聽來卻很老氣古怪，我有個英國作家朋友曾經這麼形容：

「到香港、新加坡一趟，感覺上好像我們的祖父母或曾祖父母，在清理老房子的時候，發現一堆再也用不到的老名字，於是扔到海裡，這些名字經過幾十年，漂到太平洋的另外一端，節儉的中國人到沙灘上散步，發現了一些稀奇古怪的字，於是決定撿起來穿在自己身上……」

Heather有什麼不好聽呢？我們可能會爭辯，但是對母語是英語的人來說，一個好的名字可以讓人輕易融入團體當中，讓你和你四周的同事及朋友平起平坐，所以重要的是能被人接受，不能太怪，不應該招來竊笑，或是一轉就變成不讓人受尊重的綽號，這樣別人才會記得你的所作所為，而不是一個驚世駭俗的名字，與眾不同沒有什麼不對，像是 Paris、Brooklyn，那麼你的姓也必須是Hilton或是Beckham才撐得起來，否則只會變成眾人的笑柄。

把這個邏輯轉到日常使用的英語，就不難發現，中國人喜歡說的吉利話或客套話，翻成英語無論多麼流暢，也不「好聽」，因此就失去了許多對話當中該有的趣味，比如當有人說我們：

"You speak English very well."

「你的英語說得真好。」

我們當中許多人總會忙不迭地搖頭否認：

"No, my English is very poor！"

我英文爛透了！原本要說好聽話的人，就這麼被澆了一盆冷水，間接指控說話的人：「你睜著眼睛說瞎話！」因為作為明眼人，如果我們說得真的那麼好，就不會有人特別注意了，但是既然聽到好聽的話，就要說好聽的回答，這不是國際禮節，而是簡單的邏輯。

"It's extremely kind of you."

您真是極為仁慈！這麼一來，誇獎你的人，自己就在下一句話中被誇獎了，當然，我英文不夠好，否則別人不會注意到我是外國人，你也不夠寬厚，否則就算注意到也不會說出來，但是當你回一句雜著一個關鍵字「extremely」的好聽話，對方下次一定不敢再小看你的英語能力，至少絕對不會再不識相，像老師誇獎小朋友那般，有意無意用高高在上的傲慢對待原本應該平起平坐的兩個人。

所以與其像說中文那樣，開口前先考慮「意思」好不好，不如先考慮如果我這麼說，「聽起來」怎樣？

怕開口的障礙

這個標題，簡直是老掉牙了，可惜還是有很多學了一、二十年英語的人，不敢開口說英語。

進入海外職場，我更發現使用英語溝通的對象，一旦不再是學生時代的師生或同學，這些對亞洲人說英語的障礙比較理解寬容的族群，走出教室以後，就有「玩真的」的覺悟，畢竟職場是個人人要求表現的地方，「英語不夠好」這種理由，就像去應徵程式設計師卻不知道電腦怎麼開機一樣，是不可能換來工作上的同情或嘉許的。既然職場是既要合作又有競爭的場合，自然會有

許多需要內部彼此協調，或是對外解決問題甚至談判的需求，如果不能夠讓人覺得你是個說英文很「正常」的人，就算不會失去職位，也逐漸會被歸類於做會計或研究，這種跟人比較不需要接觸的工作。

雖然每個英語補習班的廣告詞都不約而同強調，能夠幫助學生克服恐懼，開口說英語，但其實都僅僅侷限在上課時間師生之間，因為這段時間之內既然學生已經付了錢，老師也收了錢，彼此存在著契約跟義務的關係（要上會話課），所以學生無論如何也會開口，老師無論如何也會認真聆聽，但這並不見得能順利轉換成課堂以外的英語能力，尤其是職場的專業表達，學英語的人之所以那麼害怕開口，我自己的觀察無非是兩個障礙：

障礙一：怕講錯

從小強調正確的拼寫，還有完美的文法句型，讓我們真的要開口使用英語的時候，很怕犯錯，但實際上，就像中文的演說，如果寫好了稿子照著念，無論書面看起來多麼流暢的句子，在口語上可能變得難以理解，或是欠缺說服力，我們在使用母語的時候，多半能理解一般講話、演說跟書面文字，不能一律使用同樣方式句型，但是卻忘了英語也是一樣，「萬一文法講錯怎麼辦？」不應該是開口前首先進入腦海的疑慮，如果我們說中文之前也這樣想，那恐怕連中文也說不出口了！

障礙二：沒邏輯

打開中文報刊雜誌的演藝圈消息，不難發現毫無邏輯的新聞充斥，習於接受這些雜亂的資訊久了，難免影響我們判斷的基本邏輯，比如我曾經看到一篇報導，說某個藝人最近雙喜臨門，第一喜是因為投資某種高級彈簧床墊，躍升為老闆娘；第二喜是

睡了她自己賣的彈簧床墊，多年的便秘不藥而癒。我把這則新聞給不同的人看，台灣人普遍的反應都覺得這樣的娛樂新聞報導很「正常」，甚至有一半的人立刻表示想知道那家彈簧床是什麼牌子，竟然這麼有效！但是翻譯成英語給西方人聽，每個聽到的西方人都露出茫然的表情，甚至問我這個記者是不是嗑藥嗑到頭殼壞去。

因為中國人的邏輯（中文起承轉合的邏輯），讓我們在腦子裡把這則新聞分解成底下的解讀方式：

起：藝人A不僅外表美麗，還有生意頭腦！

承：證據就是投資彈簧床墊，獲得成功！

轉：驚！劇情急轉直下，沒想到才貌雙全的藝人A，竟然跟我們一樣為宿便所苦！

合：投資彈簧床墊一舉兩得，藝人A不只賺錢，睡過自己賣的床墊，連便秘都神奇地痊癒了！（置入性行銷：有便秘問題的人，別忘了都來買這個牌子的彈簧床喔！）

但是同樣的這則新聞，如果換成英國的藝能小報《Hello！》，報導的順序就會變成：

結論：最近投資場上春風得意的藝人A，竟然跟我們一樣為宿便所苦！

說明一：藝人A最近開始投資彈簧床墊，顯然演藝事業日落西山！

說明二：大概是彈簧床墊賣不出去只好自己睡，誰想到瞎貓碰上死耗子，多年的便秘竟然好了！

說明三：B咖藝人A恐怕想上報想瘋了，竟然低級到爆料這種事情，正是所謂的「too much information」，從此以後我們每次看到藝人A的照片，就無法不去想到她的宿便，未免太殘害百姓

了吧？

怕講錯的障礙比較能夠克服，但是沒邏輯問題就比較大了，我贊成把Logical presentation（邏輯性的表達）當成學習英語的當務之急！

英語先講結論，中文才要起承轉合

有個語言學教授的朋友提醒過我一個重要的邏輯觀念，英語多「前重心」，華語則是「後重心」居多。

所謂英語多前重心，就是說在表達邏輯的時候，英語通常會把結論或是判斷開宗明義說出來，之後再細細描述事實或是舉證，但是華語多後重心，就是如果沒有前面的起、承、轉，就不會有「合」的結論。先講明白因果關係，然後再把自己的幾個假設陳述出來，做出幾個可能的推論，其中某個推論受到事實的支持，於是變成結論，所以重心在最後。

以英語為思考邏輯的聽眾，並不會預期我們的邏輯有這麼大的區別，所以當他們在前兩句沒有聽到結論，就會彷彿迷失在大霧中，等到我們驕傲的提出結論時，聽的人已經完全無法判斷這究竟是結論還是在補充或是在說明，就算聽出是結論的人，也會不耐煩的這麼想：

「如果這是結論，怎麼不一開始就講？」

正是因為在表達多重的邏輯思維時，英語往往是判斷或結論等在前，事實或描寫等在後，即重心在前；漢語則是由因到果、由假設到推論、由事實到結論，即重心在後，如果不進行調整，勢必給表達造成很大的困難。只有了解這些區別，才能對英譯中

有正確的認識，找到使用正式英語的方法。

我的好友John Iveson，是來自英國的ESL教授，目前在加拿大多倫多的Sheridan大學專門指導來自亞洲各國準備進入大學或研究所的外國學生，知道我正在寫這本書，特別答應為中文為母語的學生寫了這一篇他的攻略秘笈，從另一個角度提供他的專業經驗：

Saving Face Beneath the Western Mindset
如何在西方思維中顧全面子

During the last twenty years in the field of ESL, the most common question I have heard from Asian students is, "How can I improve my listening？" The question shows good intentions. These students have recognized and decided to address a weakness.

過去二十年來我在ESL（英語為第二外語教學）的領域，最常從亞洲學生聽到的問題是：「我要怎樣才能增強聽力？」這個問題很有意義，表示這些學生已經體認到他們的弱點，並且決定要面對它。

However, there is a far better question that no-one has ever asked me："How can I use English to participate more effectively in this culture？"

然而，有一個更重要，卻從來沒人問過我的問題是：「我應該如何用英文更有效的融入這個文化中？」

Answering this question might take more time, but the question is worth exploring. In my twenty years of teaching Chinese and other ESL students from all over the world, it is the issue I aim to address on a daily basis through my classroom teaching.

要回答這個問題可能要花較多的時間，但是很值得探索。在這二十年中教中國人還有來自世界各地的ESL學生，這正是我每天透過教學在針對的議題。

For many Chinese students, two key issues to address involve the notion of losing face and the adoption of a western style of communication.

對很多中國學生來說，兩個最主要的議題，一是怕丟臉，二是不知如何採用西式的溝通風格。

In the west, people expect direct opinions. Avoiding or skirting an issue can be perceived as weak or devious. On the other hand, offering constructive criticism, challenging opinions, and playing devil's advocate are valued skills when used appropriately. For Chinese students who aspire to use English proficiently in social, educational, or workplace settings, the acquisition of these skills is essential.

在西方，大家都預期直截了當。逃避或拐彎抹角的講話方式，會被認為是懦弱或可疑；反過來說，能給予建設性的批評，挑戰對方的意見，或是悲觀的提出可能出錯地方的人，使用得當的話，卻被認為是有寶貴說話技巧的人，對於想要在社會，在校園，在職場流利使用英文的中國學生，具備這些說話技巧是不可或缺的。

This essay shows how a typical lesson can deal sensitively with the question of losing face. At the same time, a teacher can encourage Chinese students to adopt a western mindset when giving opinions. Taking the lesson step by step, we can see how the stages have both linguistic and psychological aims.

這篇文章要告訴大家我如何利用課堂，處理避免讓學生丟臉的問題，同時，老師在給中國學生意見時，同時也鼓勵他們採用西方思維，一步步跟著上課，我們可以看到如何在語言跟心理上面進步。

In this lesson, students discuss how to deal with disruptive students in schools.

在這堂範例課程，學生要討論如何處理學校裡不遵守規矩的學生。

I begin the lesson by telling a short anecdote about unruly students from my schooldays. One student could interrupt classes by pressing his temples, and throwing up in his desk. Another would turn on Bunsen burners before class without igniting them, thereby filling the room with gas. One girl used to hide the teacher's board eraser in a different place every week. I'm surprised I learned anything at all, really！

我在課堂一開始，就會先說一個我學生時代同學們搗亂的短例，有的學生會故意壓自己的太陽穴，直到嘔吐在課桌上為止，也有的會在課前把教室後面的Bunsen牌暖爐瓦斯打開，但是故意沒有點燃火，讓整間教室裡瓦斯瀰漫，有個女同學時常把老師的板擦，每個禮拜換個地方藏，在這情況下我還學得到東西也真算

運氣了。

Next, I invite the class to brainstorm options for dealing with disruptive students. I accept all contributions, and note them on the board.

接下來，我讓班上同學開始動腦，想處置這些搞亂學生的方法，我接受各種提案，並且把提案寫在黑板上。

Then, in pairs, students have two minutes to find out which options were common at their partner's schools, and whether they approve of the punishments.

接著學生兩兩分組，用兩分鐘的時間討論對方的學校裡，哪些處罰方法是常見的，還有學生是否認同這些處罰。

Here, it is fine if some students say very little. At this stage, students are formulating their positions in pairs, which is a low-stress situation.

在這階段，學生說很少也沒關係，重要的是學生以兩人為單位樹立他們的觀點，在這情境下壓力是屬於很小的。

Next, I ask for anything interesting students heard from their partners. Again, no one is obliged to contribute publicly at this point. This can create a more comfortable atmosphere. It also shows students that they have a forum to speak publicly when they are ready.

接著，我問學生有沒有誰從他們的夥伴身上聽到什麼有趣的事，跟先前一樣，沒有人被迫要公開講話，這可以營造出一個比較輕鬆的氣氛，也暗示學生們如果他們準備好的話，這裡有個舞

台可以讓他們公開發言。

After this, students watch a short video in which people express a range of views on the same topic of disruptive pupils. Before listening, I ask students to listen for any mention of the punishments we have noted on the board. It is important to always have a specific reason for listening. Otherwise, as in real life, we switch off.

接下來，學生看一段短片，裡面有各種人對搗亂學生這個話題表達各樣觀點，在收聽之前，我要求學生特別注意有沒有人提到黑板上已經有列出來的處罰方式，為了特別原因而仔細聽，這點很重要，否則就像平常那樣，會隨便聽聽就算了。

These early stages generate ideas and stimulate memories, but do not force students to reveal their thoughts in front of the whole class. As students realize that they are not going to lose face, confidence increases, and the classroom atmosphere develops positively.

前面這些步驟彙集了各種想法也喚起各種記憶，但是卻沒有強迫學生在全班面前公開他們的想法，學生發現他們不會丟臉，自信心就會增加，課堂的氣氛也就會越來越好。

In the next phase, learners receive a list of questions about dealing with disruptive pupils. In pairs, students consider how various parties would answer these questions. The parties include parents, teachers, peer students, and principals. Students can select the parties they wish to consider. Providing extra choices again gives students a sense of control. By the end of this stage, pairs will have noted a number of opinions from a range of perspectives on issues such as excluding pupils, corporal punishment, and special schools.

　　下一階段，學生拿到一連串關於處理搗亂學生的相關問題，兩人一組，學生考慮不同角色的人會怎麼回答這些問題，這些角色包括家長、老師、同學，還有校長。學生可以自由選擇他們想扮演的角色，提供這些選項再次強化學生心中的主導權，這段結束後，每一組應該已經都會從不同觀點提出各式的建議，比如像退學、體罰、留校輔導等等。

From an educational standpoint, this stage promotes several key factors. Firstly, students are thinking critically, generating ideas, and formulating opinions. Crucially, personal views are hidden behind such figures as teachers, parents, and educational psychologists. Secondly, being in pairs means that no student has sole responsibility for any of the opinions. In other words, every student knows that at least one other person in the class has confidence in the validity of their ideas. Also, if the rest of the class hears the opinions, the student who came up with the idea retains some anonymity.

　　從教育觀點來看，這階段鼓勵了幾個面向，首先，學生用批判性的思考，彙整想法，整合觀點，最重要的是，個人的觀點可以隱藏在老師、家長，或教育心理學家的角色扮演後面，同時，兩人一組表示沒有任何一個學生，需要為他們提出的觀點負全責，也就是說，每個學生都曉得教室裡起碼還有另一個學生同意他們的觀點，而且就算全班都聽到這個觀點，首先提出來的學生也可以保持匿名。

Of course, at some point, all students have to learn to offer their own opinions in a polite, concise, and forthright manner. If a Chinese student cannot learn to do this, he or she is unlikely to succeed in many western educational environments. As an ESL professor, part of my role is to nurture the ability to offer direct opinions, whilst ensuring that learners feel part of a supportive and non-threatening classroom environment.

當然，到某個階段，所有學生都得學會用客氣、精簡，而直接態度來提出他們自己的觀點，如果一個中國學生沒辦法學會這點，他就不大可能在西方的教育環境下成功。身為ESL的教授，我的角色之一，就是在課堂上營造鼓勵跟不挑釁的氣氛，逐漸培養出學生提出直接觀點的能力。

In the next stage, the task guides students towards offering their own opinions. First, student pairs separate, and join other students in groups of three or four. Armed with a list of different perspectives, students share these ideas and look for differences and similarities in the opinions they ascribed to third parties.

到下一階段，學生的任務就是提出他們自己的觀點。首先，打散原先的分組，重新組合成三到四人的小組，帶著先前的各種觀點，學生各自分享他們用第三人稱提出的觀點，尋求彼此相異和相同之處。

By this point in the lesson, students have heard a range of viewpoints and arguments relating to disruptive pupils. They have probably recalled people and incidents from their own educational backgrounds. It is time to offer personal opinions.

課程進行到這裡，學生已經針對搗亂學生這議題，聽到各種不同觀點跟爭論，或許也回想起他們自己在學習過程中親身遇過

的人或事，這是學生提出個人觀點的時候了。

In the first part of the lesson, students were able to hide their opinions behind imaginary third parties such as teachers and parents. In the next stage, students give their own views. There is a risk of increasing the stress factor for some Chinese students. A degree of stress can be motivating, but not to the level of undue panic. Therefore, for students who are still reticent about opening up, this next stage contains two face-saving elements.

在這課程的前半，學生可以將自己的意見隱藏在假想的第三人稱後（如老師和家長），在下一階段，學生要提出自己的觀點了，對有些中國學生來說，這會增加壓力，適度的壓力可能起激勵作用，但是不至於到慌張的地步，因此，要讓這些還沒開口的學生開口，接下來這階段就包含兩個保全面子的元素。

In the west, many situations call for views to be expressed quickly and clearly. There is often no time for pre-ambles. Speaking time for individuals may be short. This section of the lesson is especially useful for Chinese students who plan to enter higher education in the west.

在西方，很多場合都需要把自己的觀點表達得又快速又清晰，往往沒機會去鋪陳，每個人能說話的時間可能很短，這階段的課程對想要在西方進入高等教育的中國學生尤其有用。

Here, I introduce the PREP formula. PREP is a simple but effective way to organize the stating of an opinion. PREP stands for：

在這裡我要介紹PREP的方法，PREP是個整理要表達的觀點，一個簡單有效的方法。所謂的PREP就是：

P=Point of view（觀點）

R= Reason（原因）

E=Example or Evidence（舉例或提出證據）

P=Point of view restated（重新強調觀點）

Before their discussion, I give each student four small squares of colored card. Students write P1, R, E, and P2 on the cards respectively.

討論開始進行之前，我給每個學生四張正方形的小色卡，學生在色卡上面分別寫上P1，R，E和P2。

I then give an example answer to one of the questions the students have examined earlier.

接著我示範一次剛才學生已經討論過的回答。

"Should schools use corporal punishment to discipline unruly students？"

「學校應不應該對不守規矩的學生採取體罰？」

I tell students that they should each place the relevant card on the table in front of them when they hear me address each element of the PREP formula.

我告訴學生每當他們聽到我講到PREP裡面的元素時，就把恰當的色卡擺出來。

So, the exchange goes something like this：

因此，討論大致是這樣進行的：

"I am firmly against the use of corporal punishment in schools."
（Students place their P1 card on the table.）

「我堅決反對學校採用體罰。」（學生這時把P1的卡片放到桌上。）

"For me, I don't think corporal punishment improves student behavior."（Students each place R on the table.）"It just seems to make a lot of students behave worse than before."

「對我來說，我不覺得體罰對學生行為有幫助。」（學生此時把卡片R放在桌上。）「我認為體罰反而會讓很多學生行為越來越壞。」

"For example, in my school, the disruptive students were proud of the punishments they received. Their behavior did not improve. In fact, many of them got much worse and moved on to criminal actions."
（Students place E cards on the table.）

「比如說，在我學校，不守規矩的學生覺得被處罰很炫，他們的行為並沒有因此改善，實際上，很多開始變本加厲甚至做出違法犯紀的事。」（學生在桌上擺出E卡。）

"So, I totally disagree with the use of corporal punishment.
（Students place P2 on the table.）It has no real purpose and often makes a situation worse."

「所以，我完全不同意採用體罰。」（學生將P2卡放在桌上。）「體罰不但沒實質意義，有時甚至還雪上加霜。」

I tell students then go back to their list of questions, consider their opinions, and share them in small groups. They use and listen for the PREP formula, place cards down, and offer feedback on views and use of the formula.

In this situation, students are communicating in a typically western style. However, the risk of losing face is still low for several reasons. The PREP formula provides cover for the students. The prescriptive sequence, imposed by the teacher, means that learners are following a directive. In other words, some responsibility for their actions rests with the teacher.

我告訴學生現在回到他們列出來的問題，考慮清楚他們的立場，接著在小組中分享。他們使用並且聽PREP的規則，把卡片放出來，反饋他們的看法，使用PREP的規則。

此時，學生在西式的情境下溝通，可是丟臉的風險因為幾個原因還是相當低，PREP規則提供學生一個擋箭牌，按照老師規定的使用順序，表示學生只不過是照著遊戲規則行事，換句話說，他們的行動有一部分是老師的責任。

Similarly, the cards may seem like a simple device, but they play an important role. Firstly, they introduce a slight game-like element to the discussion. Speakers want to see their listeners' cards hit the table as they give opinions. Again, this removes much of the stress of revealing their opinions in a direct manner. In a sense, students can "forgive themselves" for being so direct, because other students also know they are being direct partly in order to get four out of four cards on the table. Finally, the cards are unobtrusive. The game element does not become the whole focus of the activity. The content of the stated opinions remains paramount.

　　同樣的，這些卡片看起來很簡單，卻扮演著重要的角色。首先，他們把討論用有點像玩遊戲的方式進行，發言者希望看到聽眾在自己發表意見的時候把他們的卡秀出來，這因此解除不少他們直接表達個人意見的壓力，從某個角度來說，學生可以「縱容自己」這麼直接，因為其他同學也知道他們只是為了要把色卡攤到桌上所以才那麼直截了當。最後，這些色卡逐漸變得無足輕重，這個遊戲的成分不再是整堂課的主軸，他們的觀點才是重點。

The use of a simple formula, a visual card element, and a competitive edge make this exercise especially memorable. The exercise works well in gently coercing students into following a western mindset. As a course progresses, I will return to similar exercises. At some point, of course, students have to make the decision themselves to adopt their western style of expression.

　　利用這個簡單的方式，一個視覺卡片的元素，加上一個競賽的形式，讓這個練習尤其印象深刻，這個練習讓學生逐漸走入西方思維的邏輯模式，學期進行中，我會不時回來做類似的練習，當然，到了某個程度，學生還必須自己決心開始使用這種西式的表達方式。

When in the west, it is ironic that a speaker who is concerned about losing face through offering a direct opinion is, in fact, actually more in danger of losing face by NOT offering a direct opinion.

　　在西方社會，發言的人擔心因直話直說而丟臉，是不可思議的事，實際上，有話不直說，才是真正冒著丟臉的險。

I would strongly advise all Chinese students to research western styles of speech when learning English, and especially before studying or working in an English-speaking country.

我強力推薦所有的中國學生學英文時，尤其在前往英語國家進修或工作之前，要能掌握西式的說話表達方式。

英語力不光是技術，更是態度

當然，John跟我都更關心一件事，那就是：再來呢？

離開教室以後，是不是能夠把PREP這套方法變成一種講話習慣，就像John說的，是個教育者還沒有定論的問題，如果PREP對於非英語系國家的人很有用的話，應該不是因為這個技巧本身，而是因為PREP裡教的，其實是語言背後的態度。

許多人在運動場上，都有看過因為敵隊氣勢如虹，不戰而逃的例子，卻沒想到語言也是如此。

根據統計，英語目前在45個國家是官方語言，世界三分之一的人口講英語，也就是說20億人口，同時世界上75％的電視節目是英語，四分之三的郵件是用英語書寫，因為講英語的國家最多，與其全心盼望五十年後，中文、西班牙文、印度語三個語種的使用者都超過英語，不如腳踏實地把英語的邏輯學好，因為根據英國文化協會最近的報告，世界上有超過60億的人生活在200多個國家，而10年內，全球將有10億人學習英語，也就是說到那時候地球上有一半人口——大約30億人——都說英語。無論以中文為母語的人數再多，英語作為各種人交流的國際標準語，這股英語的全球化在語言史上沒有前例，未來也不可能被中文、西文或印度語取代。

在正式場合所使用的英語，不同於日常生活中人際交往所使用的「口語」，也不同於字字規範文法嚴謹的「書面語」。這裡所說幫助我們能夠跟世界平起平坐的語言，應該是一種「汲取書面語的精粹英文口語」，比口語強調規範性，充滿機智，展現個性，有所遵循，卻也有所創新，而且應對得體。

能夠將這種有個人特色、不卑不亢的氣勢，表現在英語表達中，就已經先贏了一半。

Chapter 7

海外留學教會我的事：
創造流暢感

「普通」竟然是英語的最高境界

很多人問我共同的問題：「英語（或者任何一種外語）到底要學到什麼程度？」

我的回答都是：「那就要看你想要語言為你做什麼。」

如果是要旅行不會餓死，那別浪費時間精力，花三個月學850個字（BE850）就好了，把想要表達的，不用什麼大腦，從中文簡單翻成英文，就已經足夠了。要到這種程度，在我的眼中，世界上任何一個語言，都應該最多三個月就達到可以會話的程度，因此好好學一年，沒有學不好的道理，根本不需要所謂的語言天分。

但若要語言成為溝通，自我表達的工具，那就要加學1,000個字（BNC1000），同時要學會講英語的時候，思考也要轉換英語邏輯，很自然地把草坪上插著牌子寫著擬人化的「小草微微笑，草坪養護中，請不要踐踏我！」或是到商店看到「錄影中，請微笑！」這種常見警示牌，千萬不要翻著翻著，就情不自禁地把「微笑」翻出來，否則不是讓人覺得你頭腦有問題，就是這個國家的人全都有亞斯博格症。

Please stay out of grass.
CCTV in operation.
這才是正確答案。

無聊嗎？ 或許吧，但是很不幸的，外語學到最高境界，就是要能夠說出對方聽起來「非常普通」的話，否則對話一定會永遠講不到重點。

所以學英語，到頭來要發揮得極致，竟然只是爲了能夠說出讓從小就說英語的人聽起來，「正常的人口中說出普通的話」。

　　所以學好英語要學到什麼程度？

　　要學到非常、非常普通的程度。

流暢感的戰爭

　　世界上所有的小孩，大概都討厭媽媽突然在路上停下來跟朋友聊天。

　　我也從小就有這樣的經驗。

　　當媽媽的，可能以爲小孩是嫉妒，覺得注意力被鄰居的媽媽剝奪，但是從孩子的觀點，原本跟媽媽講話講到一半，突然就被撇下，母親突然火力全開，用比剛才三倍的速度五倍的熱忱，開始講東家長西家短，孩子感覺很受傷，好像媽媽剛才是在進行勉強營造出來的親子對話，只要第三者一出現，就明顯的看出來原來母親一點都不在乎剛才進行到一半的話題。

　　我長大了以後，自己成了停在路邊跟帶小孩的父母聊天的那個阿北，遭到小朋友的白眼連連，這才體會，溝通這件事實在是沒辦法的事，因爲我們跟小孩沒辦法進行「正常」的對話，無論如何，就是缺少了一點跟同年齡的人真的在聊天的流暢感。

　　等哪一天，孩子能夠使用正常的速度，正常的詞彙，跟父母邊走路邊聊天，父母就會有「啊！孩子長大了真好！的感嘆。

　　在我的想法中，任何一種語言如果沒有使用，則根本就沒有學習的必要。

　　更進一步說，沒有在使用的語言，根本就不算是語言。

　　就算強記了五千個字，一萬個字，也毫無意義，那麼什麼才有意義？

臨時要你用英語連續說上一分鐘的獨白（自我介紹不算），不會突然愣住，這個就有意義。

或者老闆的外國客戶提早來了，突然要拖延時間跟他聊五分鐘，等老闆從廁所出來，又不是上法庭偵訊，你的部分總不能老是只有「Yes」或「No」，也不能講些「有沒有去士林夜市啊」這種太不專業的話（除非你們公司是賣鍋具的）。

無論是一分鐘獨白，或是五分鐘談話互動的能力，都不是要求你成為英語談判高手（這種要用頭腦的，我恐怕無法勝任），只是希望能夠做到讓談話的對方，也感覺正在很流暢，很自然地進行著非常普通的對話，而不會雙方感覺到需要很吃力地尋找一些彼此能夠有反應的題材。

為了訓練這樣的英語能力，在日本有所謂的「英語會話咖啡館（英会話カフェ）」，每個小時的收費平均在一千日圓左右，可以跟駐店的外國人用英語自由交談，有些語言學校也推出人對人英語會話【マンツーマン英会話（Man-to-Man English Conversation）】，這個名稱有點爛，會話當然是人對人，難道會是人對掃帚嗎？但是仔細觀察這種一對多的會話班，就不難發現其實內涵很有些巧思，有的補習班還可以選雙聲帶的老師，或是除了英語之外日文一個字也聽不懂的老師。

台灣流行一對一的教學法也很久了，但是因為師生兩人彼此之間有契約存在，所以感覺上雖然好像很容易就可以侃侃而談，但通常都不是「正常」的對話，一對多的會話班也是一樣，大多都是老師問學生一個同樣的問題，然後每個人輪流發言，這樣的方式，並不符合真實生活的日常會話狀況（也就是跟媽媽走在路上，突然遇見鄰居這種狀況）。

現實是很殘酷的，假設一個美國人，一個外國人正在說話，這時突然加入另外路人甲乙，但是兩個都是美國人，原本以爲已經有自信開口說英語的這個外國人，突然就會發現自己在這三個人面前突然一句話都插不上，要不然就是自己的發言，在群體中受到冷落，甚至不受歡迎，感覺上要不是一開口就會冷場，就是拉慢了原本談話的節奏，那種感覺就是媽媽跟小孩，兩個人走在路上原本喋喋不休，結果在路口媽媽遇到了一個鄰居的媽媽，這個原本有很多話可說的孩子，突然就變成只能沉默的一方，除非鄰居媽媽問你幾歲，你回答簡短的「七歲」之外，就完全沒有說話的機會。

這才是在現實生活中對話的真實場景，除非我們知道如何讓自己流暢的發言，在談話中被視爲是「非常普通的對話」，否則根本談不上參與。

沒有在現實生活當中使用語言的機會──無論字彙多豐富，文法多強，無法找到聽眾的英語，這些能力就等於不存在。學習外語，若能夠記得成長的過程中，如何開始能自在地跟一個不認識的大人聊天，卻沒有被當成小孩子看待的感覺，掌握到那種流暢感，就對了。

創造流暢感的方法

兩個擁有同樣字彙，文法觀念的人，一個不敢開口，另一個卻讓人覺得能夠流暢使用英語，這中間最大的關鍵無非兩個，一個是邏輯，一個是技巧。

邏輯的部分，我們拿兩個簡單的問題來測驗自己：

問題A：不景氣的大環境下，我應該跟朋友投資行動咖啡館

嗎？

（答案一）以市場的巨大作為證據

我聽朋友跟我說過，「不管多麼不景氣的時代，只要是賣吃的準沒錯」，所以當然能賺錢！行動咖啡不用店面租金，現在喝咖啡又那麼普遍，除非真的很衰，不然哪有可能會不賺！就算賠也賠不了多少。

（答案二）以個別差異作為考慮的前提

無法回答，因為大環境景氣與否，跟一家行動咖啡會不會賺錢，沒有絕對關係。你的朋友是誰？開在哪裡？顧客是誰？定價多少？成本多少？這些都不知道要怎麼回答？你當我是算命的啊？

問題B：想減肥最好的方法是什麼？

（答案一）談戀愛

（答案二）運動和控制卡路里

說穿了，邏輯就是明確的因果關係，主詞與動詞的組合，可以說是因果關係的最基本組合，幾組主詞跟動詞調換，排列組合的練習，邏輯的完整度高低，影響到我們是否能夠在最快的時間內捕捉到問題的全貌，如果能夠經過練習，輕易的把問題的全貌描繪出輪廓，邏輯的精準度自然就會越來越高，對於其他人邏輯的理解能力，也就會大為增加。

如果以上A、B兩個問題都選擇答案二的人，恭喜，你的邏輯是比較符合西方語言邏輯的，不需要太多的轉換，但是兩個問題都選擇答案一的人，你的邏輯是完全中文式的，如果只是在中文圈生活，應該是沒有問題，搞不好還會因為無厘頭而變成很受歡迎的部落客，但是若想在英語圈混，既需要有意識的下工夫來轉

換，學著怎麼不要隨便把生活周遭聽說的例子，拿來當證據用，也不能偏離問題的重點，說出「反正就算賠也賠不了多少」或「談戀愛自然就會瘦下來」這種毫無邏輯的結論。

要成為一個邏輯流暢的人，可以嘗試使用這四個步驟：

一、整理出自己的邏輯思路，知道自己平常是怎麼看待議題的；

二、培養能夠迅速描繪出問題全貌的能力；

三、理解別人跟我不同的邏輯思路；

四、套用對方的邏輯，順利表達自己的論點。

一旦邏輯流暢，就像原本堵塞的水管通了，英語就能流暢許多，只要再增加一些技巧，學習一些每個場合都能扮演「釦子」功能的好字彙，或是好句子，把想說的話巧妙的扣在一起，自然就能流暢使用英語。

技巧一：學些每個英語句子都能用的「好釦子」

就像之前說的，如果我們說英語時被人誇獎了：

"You speak English very well."

既不需要得意，也不用急著難過，而是說句好聽的回答：

"It＇s extremely kind of you."

這裡，「extremely」就是每個人在中學課本都熟悉，但是在口語中卻總是忘了使用，每每會用比較簡單的「very」潦草帶過的關鍵字，這些可以展現自己能力的Big Words，並不是從小說英語的人就會用，也是要特別學習的。

在中文裡，「非常」也有很多種，當誇獎你英文好的人用了很普通的 very，但是你輕鬆自若地用extremely來表達感謝，「意思」都一樣，「聽起來」就是完全不一樣，這就是巧用英語的邏輯創造出來的高級「語感」，就像兩件形式完全相同的襯衣，一個用了普通的塑料鈕子，另一件用了手工拋光的貝殼鈕子，「質感」是否高級就立刻不言而喻。

在口袋裡準備一把好鈕子，不可過分華麗，更不能古怪，隨時都能拿出來用，鑲在每件衣服上都不突兀，也不搶走整件衣服本身風采，才是我心目中的好鈕子。

這裡就是一把值得揣在懷裡的好鈕子：
obviously,
theoretically,
definitely,
exactly,
absolutely,
technically,
realistically,
customarily,.....

試著把這幾個字放進日常的句子裡，免得每個句子開頭動不動都是I think……，這是個進步的好開始！

這些字的好處是並不艱澀，所以不會帶給聽者不愉快的感覺，認為這是沒有必要的賣弄炫耀，而且無論什麼知識程度的人，基本上都能聽懂，如果把托福裡面艱澀冷僻的字彙搬出來，

即使以英語為母語的許多學者也不見得聽得懂，就算聽懂也覺得這人荒謬，不但達不到溝通的目的，反而帶來這個外國人相當古怪的印象，而「古怪」，在西方的社會規範裡，是絲毫沒有一絲讚美的意味的。

技巧二：學些每個英語話題都適用的「好句子」

準備一些表達觀點的萬用句子，其實一邊說一邊可以賺一些思考的時間，但是又不明顯感覺是些廢話。

這並不是為了英語不夠好或是腦筋動得不夠快的人準備的，實際上，許多亞洲人常常會訝異於美國人為什麼可以把一件簡單的事情，沒完沒了的講成長篇大論，明明可以一兩句話說完的事情，卻拐彎抹角，很多時候除了語言邏輯思維的區別外，對方其實正是利用說這些「好像很有道理的廢話」的同時，考慮下一個話題的重點，同時避免冷場。

舉例來說，以下這樣的段落就是「很實用的廢話」：

When you're little, what you really want is for grown-ups to make the world a safe place where dreams can come true and promises are never broken. And when you're little, it doesn`t seem like a lot to ask.

當我們還小的時候，我們真正想要的就是大人能夠為我們把世界建造成一個安全的避風港，在這裡夢想可以成真，所有的承諾都能兌現。然而當我們還小的時候，這樣的要求感覺上一點都不多。

聽起來很感性，充滿了詩意，也很能夠引起共鳴，讓聽者浸潤在那樣的情境當中，但是如果仔細分析起來，表面上說了很多，但其實什麼都沒說，類似這樣效果的句子，還有很多，比如像：

For human, the best asset is to be able to make profit anytime. --
Let's try to be so, then it should lead company's success too.

對人而言，最佳的資產就是隨時能獲益得利的能力。──讓
我們順著這條路，便能帶來公司的獲利。

We have basically succeeded when we were born. -- Let's be
positive for everything. We have already succeed for lots without we
perceive it.

基本上人能來這世界一遭就是成功。──讓我們抱著這種樂
觀正向的態度迎接所有事情，因為不知不覺間我們早已成就了許
多。

"We have inner children in our mind. Children will be developed
by being praised. So we need to praise ourselves."

我們內在都有一個天真的孩子。孩子們接受讚美才會發展成
長，所以我們都該多讚美自己。

由於語言邏輯差異加上文化的隔閡，對於任何會帶來意見相
左或發生衝突的場合，亞洲人似乎都傾向逃避話題，以至於在正
式場合、職場、談判桌上，或是會議討論之中，不是成為檯面上
沒有意見，沉默的一群害羞的典型亞洲人（檯面下意見很多），
就是沒有辦法用圓融漂亮的話語，來轉化衝突或危機的少數分
子，面對這個困境，有些人選擇變得格外激進，用音量和肢體動
作來表達，而大多數人則選擇避免參與需要面對群眾或是媒體的
場合，其實這是沒有必要的。

這本書的附錄第三階段，列舉十種對亞洲人，最容易覺得尷

尷而難以招架的場合，在這些場合可以引用名人的話語，這十種
場合分別是：

    （1）評斷他人的場合（Judgement）

    （2）遇到極限的場合（Limitation）

    （3）提醒對方尊重的場合（Respect）

    （4）批評的場合（Criticism）

    （5）受苦吃虧的場合（Suffering）

    （6）拆穿謊言的場合（Lying）

    （7）遭遇挑戰的場合（Challenge）

    （8）遇到對手沒常識的場合（Common Sense）

    （9）彼此退讓一步的場合（Compromise）

    （10）小心為妙的場合（Caution）

給跟我一樣記憶力不好的人

小時候最討厭背書的我，卻不在乎為了作文的需要背一些萬用的名言佳句，因為我發現，不但在腸枯思竭的時候可以增加很多字數，而且從老師的給分看來，這一招似乎很受用，沒想到長大以後，還常常要靠拾人牙慧混口飯吃，而且不只是中文，連英文都不放過。

但是，憑良心說，真的很好用！

當然，引述名人的話有時候反而會讓人產生反感，而且也時常會記錯到底哪些話是誰說的，如果不太確定的話，有一個簡便的捷徑，那就是建立起一套引述時候的習慣用語：

「我那有智慧的祖父常常說……」

「我的故鄉有這麼一句名言……」

一開始的時候，聽的人可能會真的以為這是你祖父說的話，或是孔老夫子的名言，但是過了幾次以後，他們或許會認得有些名言的真正出處，也或許會發現不可能什麼有道理的話，統統都是你的祖父說的，才意識到他們可能被你開了一個玩笑，但是只要說得有道理的場合這種引述「在我小的時候，我那有智慧的祖父常常對我說……」反而會變成你的特色，大家只要一聽到這樣的起頭語，就會忍不住會心一笑，並且期待這次你又會變出什麼至理名言來，當然在說這些名言的同時，最重要的是讓自己又多了一些冷靜思考的時間。

　　使用這樣的名言佳句非常有效果，但是就像重藥不能常下，說多了就失去了原本該有的力量，因為名言本身意義其實都不大，只是一種機智的表現，但說話本身必須要傳達清楚的意念，否則久而久之，只會讓自己被人認為是個不著邊際的人。還有，想在沒有幽默感的英國從政也不能用「我那有智慧的祖父常常說……」這招，因為現任的倫敦市長Boris Johnson，他1999年曾被倫敦泰晤士報從編輯職位上解僱，原因就只是他捏造了一句乾爹的話！

了解英語裡的暗示性語言

　　當說話者想要讓你認同他的觀點時，會很巧妙地運用暗示的方法，幾乎就像催眠師對被催眠者進行的暗示那樣，西方也有越來越多訓練商務或公開演說的機構，把這種語言的「置入性行銷」，也開始納入課程之中，所以必須要能夠拆解說話者語句當中「催眠」的文字，才不會輕易被牽著鼻子走。

　　暗示性的語言，常常是用讚美、鼓勵，或是拉攏的方式，讓我們把別人的意見，不知不覺當成自己的意見，在教導專業人士

做這樣的演說訓練時，通常會強調聲調跟節奏，讓一個原本是建議的想法，讓聽者接收時卻像是個不可違背的命令，就好像一個催眠大師會跟被催眠者說：

"you may find that you want to relax or just rest and maybe even close your eyes or just keep them open if you want to."

你現在想要休息，只要放輕鬆就好，想閉上眼睛或張開都隨你的意思……，這樣聽起來似乎沒有什麼話中有話的成分，只是提供幾個合理的選擇，但實際上卻已經置入了起碼兩個指令，也就是說兩個選擇不是「休息」就是「放輕鬆」，根本是同一回事，哪裡有什麼真正的選擇，但是很少有聽者會察覺到自己被給予的兩個選項，其實是一模一樣的，而且在舒緩讓人可以信任的聲調，以及句子和句子之間刻意拉長的沉默之下，原本僅僅是建議，我們的大腦卻會當成指令來吸收照辦，這個力量是相當大的。

另外讓很多人想不到的是，真正的英文語言障礙，其實是在正式場合大量被運用的美式片語，這些片語隨著美式MBA的大量製造，不斷出口到世界各地的企業和政府機構之中，也連帶的把這些常用的美式片語發揚光大，比如我們很容易聽到像這樣的陳述：

"We need to get to the bottom of this. Why did the deal fall through？ Let's go back to the drawing board. In a nutshell, I want another proposal to take to the guys. I want it with all the kinks ironed out, and I know all of you, when you put your heads together, can pull it off. So let's get to work."

這段範例的句型來自於一個專門幫助以色列商人了解美國商

業英文的網站 pereisrael.com，表面上每個單字都很簡單，但是只要是不熟悉美式商用片語的外國人，就很難完全掌握這個陳述的真正意思，所以如果想在正式場合和英語為母語的專業人士平起平坐，學習這些片語就跟學習字彙一樣重要，甚至有過之而無不及。

　　片語最困難的地方，也就在於字面的意思很簡單，但是組合起來並不見得是我們想像中的意義，比如說範例當中的「pull it off」就完全沒有「take it off」脫掉的意思，而是說能夠完成一個困難的使命，因此想要解碼英語裡的深層意涵，就必須把在正式場合必然會出現的片語，作徹底的了解。

　　因為坊間的片語書籍已經非常多，我在這裡就決定不列舉。一旦熟悉了這些基本的美式片語之後，進一步還要確保在溝通的時候沒有誤解，多加主動使用這些片語，也會讓其他同僚認為你在英語上的融入，已經確實表現在生活當中。

Chapter 8

海外公益旅行教會我的事：
到吉隆坡和阿富汗人相遇

我在公益旅行的領域，有幾個好朋友，其中一位是Connie，她前一陣子到馬來西亞當義工回來，原先還以為單純的是去吉隆坡跟在當地來自韓國NGO的朋友打交道，結果卻變成透過這群韓國朋友，跟更廣大的、在台灣從無機緣接觸的世界做連結。

　　自2007年十月起，一個由馬來西亞人、韓國人、德國人、阿富汗人、烏茲別克人和俄羅斯人組成的小團隊，以志工的方式針對阿富汗難民的孩童，在吉隆坡開辦了一個非正式的學習機制，稱之為Hilla Community Center。Hilla是阿富汗Pashitu語，意思是：希望。

　　這些來自阿富汗的難民，許多是母親帶著孩子，透過聯合國的管道，來到馬來西亞暫時居留。在取得最終收留國的許可之前，他們在馬來西亞停留的期間無法進入任何的正規學校進行學習，除了母語之外也不懂任何其他語言，Hilla Community Center提供他們學習英文、馬來語的機會，同時也安排數學、科學、藝術與手工藝、音樂，以及教育性的參訪活動，和各式室內或室外的遊戲或運動。週一到週六上午9：00～12：00，每天都有課程，每位家長每月須支付70馬幣（約700元新台幣）作為學費，家庭中若有另一位成員就讀，則向第二位成員收費50馬幣。

　　2008年一月份，他們將Hilla Community Center遷移到Ampang這個區域，目前使用的空間是一棟兩層樓的透天房舍，位於邊間擁有較大的戶外空間可做活動。主要的教室位於一樓，二樓有一間教室以及可以學電腦的多功能小教室，還有一間客房。

　　這個學習中心是由多國籍的志工共同投入來維持，而其中有位原本從幼稚園退休的教師Jeanette Chan，由於她幾乎每天都到中心來，許多家長有什麼疑難雜症，大至居留簽證、就醫、打工、找房子，小至小孩配眼鏡等事宜，都找她幫忙，她的角色早已超越英文教師。

到Hilla Community Center參訪之後，連續三天，Connie寫了三篇相當有意思的記事：

記事一：One day teaching at Hilla Community Center（15. Oct. 2008）

將近中午的時候臨危受命，要擔任阿富汗難民學校Hilla Community Center下午基礎英文課程的代課老師。

這個非正式的學校開辦剛要滿一年，每天上午的課程是比較正規的，讓承諾每天可以來的學生就讀，至於下午的課程，其實從今年暑假才開辦，由一位馬來裔及一位韓國裔的大學生自願實驗性地展開，而有些學生因為需要打工，一週只能參與兩三次的課程，下午的課程顯然比較符合他們時間上的需求。然而，隨著暑假的結束，下午課程的老師就比較容易出現青黃不接的狀況，這次就是因為志工老師臨時有狀況，必須請求支援，而客居在此的我，才有機緣客串一次教學活動。

類似這樣既是開始也就是結束的課程，其實不難安排，就是先透過彼此介紹的活動拉開序幕，在中間製造一些高潮，注意到性別平衡、考慮到因為課程太難或太容易而感到無聊的學生，讓他們多少都還有機會表達或表現一下，也找到適當的時間點開些玩笑，玩些猜謎的遊戲，並開放時間讓他們問問題，滿足一下好奇心，而時間也差不多就要結束了。

班上的學生從八歲到三十出頭的媽媽都有，也有程度上的差別。以往是專門針對來自阿富汗的人授課，但漸漸也有家境不是太優渥的伊朗移民但並非難民身分的家長把孩子送過來。據說一開始有伊朗人要加入的時候，原有的阿富汗家長都群起反彈，覺得他們是壞人不能讓他們加入，然而，進一步問他們，如果伊朗人這麼地壞，那你們幹嘛還去他們開的餐廳打工？又都無言以

對。在主辦Hilla Community Center團隊的堅持下，阿富汗人與伊朗人在同一個屋簷下共處，一起進行學習。

今天的班上有兩位來自伊朗的學生，一位八歲的小女孩顯得很靦覥，她沒有坐在全是女生的那一邊，而是坐到全是小男生的區位去；另一位少女年紀的學生，則似乎以她的伊朗背景為榮，當同伴說她根本是阿富汗來的，她依然堅持自己來自伊朗。當我要學生們介紹自己的好朋友時，也有阿富汗的學生選擇介紹還身在伊朗的朋友，而不是介紹身邊的同學。

有個八歲的小男孩說，他喜歡馬來西亞，我趁機問他：阿富汗好？還是馬來西亞好？

看他陷入兩難無法取捨的模樣，煞是可愛，而坐在教室後方，媽媽級的學員七嘴八舌地說，當然是阿富汗好啊！我無意挑撥離間，很快就轉移話題。

課程的高潮，算是在開放學生問問題的時刻吧！

幾乎沒有例外的，第一個問題總是問關於結婚與否。當我的答案出乎他們意料之外，而我的反應更是超乎他們想像的時候，不等他們開口，我馬上主動告訴他們下個問題的答案：我沒有小孩。

接下來的時間，就在猜測我到底幾歲的過程中high到最高點。無論男女老少，統統都加入猜測的行列，答案從十歲（真感謝這位小朋友啊）到四十歲都有。而當我公布答案，自嘲在某些國家已經達到祖母級的層級時，善良的學生們全都異口同聲地安慰我說：不會啦！很年輕啊！

而當少女年紀以上的女學生們，聽到我是自己一個人出外旅行，全都投射出羨慕的表情。

坦白說，在這樣的非正規學校、又是只有一次的教學活動，恐怕是最輕鬆愉快的事情吧！

教與學之間，都沒有非達到不可的目標，怎樣讓彼此在這段時間內感到愉快、有趣，就是最高標準了。

課程一開始，我開宗明義告訴大家，你們是我一天的學生，而我是你們一天的老師。告別的時候，其實也就是真的再見了。

記事二：誰說男人不學習？在Hilla Community Center看見阿富汗男人（16.Oct.2008）

去年夏天在吉隆坡的街頭遊逛時，看到街上的羅馬旗有尤努斯博士即將舉辦演講的訊息，平日甚少拍照的我，特別讓同行的Emma幫我跟尤努斯的肖像合影，誰想得到今年就去了孟加拉拜訪葛拉敏銀行，更扯的是，我個人第一場公開的孟加拉參訪分享，竟然會是在吉隆坡舉辦，並且是用英文對著阿富汗男人演說！

在台灣，只有到扶輪社演講的時候，才會面對全是男性聽眾的場面。在正常狀況下，社教性質或是在社區大學領域、大學社團或青年志工團體，總是女性成員居多，對於這些聽眾，我有自信抓住他們關注的焦點，但是，面對著一群英文不太靈光的阿富汗男人，我的演講內容能夠打動他們嗎？

儘管天氣悶熱，昨夜出門前，我還是決定把無袖的上衣換成長袖的印度風長衫，犯不著貪圖涼快，讓我的聽眾們感到不自在吧！

幫我安排演講的韓國朋友，事前透露的訊息讓我以為只是三兩個人之間閒聊式的分享，到了現場才發現，原來有兩個班級，人數較多的基礎班年長男性居多，需要配上翻譯才能理解，進階班的男性年紀較輕，直接英文溝通沒有問題，我分成上下兩個場次，共做了一個半小時的分享。

當然要先介紹一下台灣是位在中國旁邊的一個小島，台灣

是Taiwan並不是Thailand。接著透過購自孟加拉的地圖，從地理區位、政治現實、何以要獨立、國家及人民如何貧困的狀態說起，然後以尤努斯的個人故事為出發點，說明萬拉敏銀行何以創立，以及如何造就窮人出頭天的傳奇。之後再借用拍攝自GK（Gonoshasthaya Kendra，人民健康中心）培植女性從事各項在傳統伊斯蘭教社會只有男性從事的工作的照片，讓他們知道經過三十多年的歲月，一個傳統且貧窮的國家，可以有的轉變。最後為了轉化情境，不讓他們覺得我置入性行銷的企圖心太明顯，特別放了一張孟加拉開齋美食的照片，以及孟加拉友人們的合影作結。

或許是中年人較能體會人生的艱難之處吧！雖然他們的英文不夠靈光，得一邊依靠翻譯，然而從他們專注的神情，可以看出他們對於尤努斯個人的犧牲奉獻、堅持相信窮人、為窮人開創的脫貧機會，有所觸動，我也不忘在最後回饋他們，尤努斯除了得到諾貝爾獎的肯定，也已經重拾父女關係；英文程度好、成員較年輕的那一班，因為不必翻譯，我講得比較多、比較細節，但是可以明顯地看出，年輕人是用頭腦在理解，而不是用生命經驗在領會。

而當我告訴他們，其實阿富汗跟馬來西亞，都是萬拉敏銀行有合作方案的國家時，他們一致都投以不可置信的表情，聲稱完全沒聽過。

我當然知道他們不會聽過的，這世上知道、關心這些事的人也不還算太多啊！

聽我說到三十年前在孟加拉吉大港的鄉下，女人跟丈夫以外的男人不能直接說話，尤努斯要到村莊裡鼓勵村民借錢，若不是透過女學生登門拜訪，就是得站在門外，而婦女在屋內，如此隔空喊話時，我看到這些阿富汗男人們也搖頭，有一位課後特別再

追問：為什麼女人不能跟男人說話呢？

有學員問我，有機會的話，會想要到阿富汗去嗎？

我告訴他們，阿富汗的簽證超難拿，過去一些台灣志工都是透過韓國或日本的管道取得，現在這兩個國家也不准他們的百姓進入阿富汗，我們台灣人要再另行設法，況且簽證費也貴、停留期間又短。

話鋒一轉，我對他們說，但是，現在你們出來啦！我不用到阿富汗去，你們已經出來讓我給碰上了。聽到這裡，大家都笑了。

而當他們問我問題的時候，似乎沒有人特別針對我的女性身分發問，我原先擔心這些來自男性主導社會的學員可能會有的負面反應，並未在課堂上發生。

課程結束後，韓國友人Shine繼續和幾位阿富汗裔的年輕志工教師閒聊。Shine說，跟阿富汗、巴基斯坦這些以男性為主導的社會互動了幾年，他觀察到男人之間常常有些特殊的小動作、小表情，用來代替語言傳達某些微妙的意涵。

希望有朝一日，有機會置身在這些男人們之中，可以跟他們自在相處到足以覺察到Shine所謂的微妙動作，到那時，這個世界已經大不同了吧！

P.S.除了兩班正規的英文班，另外還有一個人數最多的班級是由阿富汗籍的老師領導，約有二十人參與的聚會，感覺上是他們的某種凝聚情感與關係的聚會，也從最基礎的英文學起。整體算起來，昨晚應該總共有四、五十位阿富汗男士來到Hilla Community Center，而我是唯一在場的女性。

記事三：**"Iran is the best！"**（17.Oct.2008）

Hilla Community Center，這個專為阿富汗難民開辦的社區

學校，其中一個主導的組織就是來自韓國的NGO：The Frontiers（簡稱TF），這次到吉隆坡就是住在TF執行長Shine的家中。Shine自己也負責教授晚上的課程，趁著我在吉隆坡停留的最後一個晚上，Shine邀請了晚上課程的幾位教師到家裡來，一方面是聯誼，一方面也趁機展開教師間的溝通會議。

Amin跟Zaki來到馬來西亞分別是半年與十個月，之前從未接觸過英文，但目前他們都已經擔任英文課程教師的角色，Eddie是馬來西亞人，是好幾代的印華與馬華的混血家庭，本身在銀行工作，他和Shine輪流擔任進階班英文課的教學。

Amin跟Zaki原本是來Hilla Community Center學英文的學生，但他們的程度很快就超前，常常會要求學習更多，原本Shine建議，既然他們的程度已經足以自學，是否可以結束在此的學習？然而他們還是持續到課堂上來，於是Shine決定給他們另一個階段的學習，就是教學相長——讓他們試著擔任教師，教導初、中級課程的學生。Amin跟Zaki都是處於等待轉往其他最終居留國的狀態，這個新挑戰，似乎也為他們有點膠著的現狀找到新的重心，儘管這是一份志願性的工作，但是顯然他們很受鼓舞，也認真以赴。

Amin是個很勇於表達想法，且不畏申明己見的人（或許這也是他的英文進步神速的原因，無論在口音或表達的內容上，都比已經來十個月的Zaki來得清晰與更能論述），他強調，自己雖在年幼時出生於阿富汗，也待過巴基斯坦，但是有超過二十年的時間是在伊朗生活，顯然他更認同伊朗。談到在伊朗與馬來西亞的生活，Amin認為伊朗是個講求單一的國家，語言、宗教、文化都一致的情況下，唯有在長相上面可以作文章，而只要被認定是有中國或是蒙古血統，就會被歸為異類，哪怕他的先人都已經在此有百年的歷史，依然還是會被排擠，而這個部分，在馬來西亞這

個多元的移民社會就不會成問題；然而，一談到生活的實質面，Amin說，在伊朗，無論教育、醫療、福利各方面，政府都完全提供，他們在伊朗能夠輕易享有的生活，以難民的身分，在馬來西亞完全都享受不到，從這個面向來看，「Iran is the best！」Amin說，如果他去不到自己心中想去的國家，那麼他寧可回去。

說是refugee（難民），其實這些天裡，我在Hilla Community Center接觸的感想是，這些人在自己國家的狀況應該不差，雖說在吉隆坡這邊，可能得三、四個家庭分租一層公寓，但是不少人住的公寓是全新的，每個月也繳得起學費（有的家庭四個小孩來就讀，一個月要繳的學費總共約2200元新台幣），而他們等著要去的國家不是加拿大就是澳洲，除了基於refugee的身分不能正式工作，也因為沒有個國家身分可以依附，顯得有點飄零的感覺，整體的狀況看來比孟加拉的窮人要好得太多，我沒辦法定義他們是「可憐」或是需要被「救援」的人，只能說，這是一群選擇不再繼續住在自己國家的人。

Zaki有個哥哥在馬來西亞，有個在澳洲，他的目標是希望能以念書的名義申請到澳洲，從他的話意中可以感受到，縱使家人大多還身在阿富汗，也只能「隨人顧性命」了。

閒談中聊到，美國總統不管是誰當選，結果要不是打伊朗，就是打阿富汗，問他們的看法時，他們笑說：反正我們已經不在其中了。

面對最近歐美、中東國家的財政瀕臨破產危機，Amin說，對於伊朗或是阿富汗的百姓來說，反正他們原本擁有的就很有限，換句話說，也沒有什麼好失去的。

那麼，到底又是什麼力量，逼著他們非離鄉背井，非陷入這種膠著、沒著落的狀態呢？

Zaki說，自由吧！過去在塔利班的政權下，被重重設限，違

者則亡，沒有自由可言。

前些時日，透過萬拉敏銀行與GK（人民健康中心）的案例，才在思考著，基於「國家認同」這個立足點，可以讓孟加拉這麼貧窮的國家，在某些領域做出所謂先進國家也達不到的成果；如今再看看伊朗、阿富汗這樣的國家，有辦法的人、條件不差的人都紛紛離棄，那麼，這些國家的希望又何所寄呢？

突然不知道，是該祝福Amin早點去到他想去的國家，還是祝他去不成，乾脆又回伊朗去。感受得出來，像他這樣的人，是不會甘心被埋沒的，他已經看過伊朗之外的世界，往後若可以順利生存下來的話，誰知道不會成為另一個扭轉乾坤的人呢？

「Iran is the best！」Amin的這句話，整晚，我揮之不去。

Connie在馬來西亞的公益旅行，偶然變成一群來自伊朗、阿富汗難民臨時的英語老師，我們看這幾則記事的同時，充滿感動。來自NGO工作者的角度，讓我們即使不在現場，甚至從來沒有參加過公益旅行，也沒有在海外教過英文，卻好像很可以透過「Connie老師」的眼睛，理解這些努力想要學習英文的「學生」的角度，從沒有教學經驗，如何準備，如何在短暫的時間中，藉由互動，不只有語言上的學習，被稱作老師的Connie，更因為這樣的機會，一瞥伊斯蘭文化政治社會的現狀，帶來感動與反思。這些故事裡的角色，究竟誰是最大的受益人，其實非常明顯。

Chapter 9

海外職場教會我的事：
創造贏的條件

戲劇化的辯論

職場畢竟不是學生的辯論講台，贏了就好，因為就算贏了這次，以後每天還要見面，說不定還得一起合作，不能因為辯論而傷了感情，所以我在職場上認識到，除了Logical presentation（邏輯性的表達）很重要之外，原來Dramatic debate（戲劇化的辯論）也很重要。

戲劇就是要知道什麼時候上場，什麼時候下場，說話就像穿衣服搭配，說之以理，就也要動之以情，兩方面並重，巧妙混搭，才不會逞口舌之快，贏了一次，卻因此換來職場上終日漫長的折磨。最好把跟職場上必須打交道的人，當成戀愛中的對象，戀人之間的辯論和爭執，不以一次強壓過對方，置對方於死地為勝利，而是要徹底贏取對方的心，用這樣的心情來辯論，就能夠做到戲劇化的辯論。

跟戀愛相近的邏輯

中文的辯論習慣就是分正方反方，雙方像大會報告那樣，交互陳述自己代表這一方的觀點，表面上叫做辯論，認真想起來，比較像是針對同一個題目，各自「演說」。

這種習慣不僅表現在一般校園的辯論比賽，就連總統選舉的電視辯論會，也都差不多是這樣的結構，所謂習慣，其實也就是中文這個語言「起承轉合」的思考結構，讓我們沒有聽到最後，不曉得對方的結論是什麼，自然也就沒有中途打斷的意義，因為根本就還不知道對方說了那麼多，究竟會導出什麼樣的結論啊！如果別人才說一半，就硬生生的打斷：

「我曉得你想誤導聽眾到什麼方向⋯⋯」

對方即使計謀被戳破，也大可以理直氣壯的說：

「我還沒有說到結論，你怎麼知道？真是太粗魯無禮了！」

這時在場的大多數人也都會同意，的確，結論還沒出來呢，你怎麼知道他要講什麼？

其實很多時候，作為發言的人也很心虛，因為我們邊說邊想，結論到底是什麼，常常沒有說到最後，自己也不太確定，這或許是為什麼會有那麼多冗長的會議，長官們說得那麼久，有可能正是一邊說才一邊想，只要還沒想到結論，發言就不會結束，難怪開會效率差，有一部分跟亞洲語言要求「起承轉合」的習慣很有關係。

英語的思考，相對之下就非常直線，辯論時必須一開口就「啪！」地下結論，之後才開始說明理由。

還沒有結論怎麼辦？誠實的說：

I am not sure what to think yet, let me get back to you on this when I am clear.

我還不確定該怎麼想，關於這點等我想清楚了再回答你。

這樣說的人，在使用英語的圈子裡，會得到尊重，不過這也是沒辦法的事，沒有結論，要說什麼呢？

但是中文就不同，只要有個起頭，就可以開始講，有時講得天馬行空，聽的人跟講的人隱約都知道，結論還沒有出來，好像不能滔滔不絕的人，就是頭腦不夠靈光。

舉個例子來說，有時看中文作品，會覺得開頭很好看，可是看到後來，卻有彷彿作者不知如何結尾，所謂的「拖戲」，但是看翻譯作品的感覺卻時常相反，好像一開始看就知道作者要說什麼，以至於覺得後面老在重複，其實就是這個原因。

有結論的人才能握有發言權，這道理雖然聽起來很明顯易

懂，但是真的面對質問的時候，我們常常又回到中文的起承轉合思考順序，以至於暴露自己沒有結論的弱點，或是根本還講不到結論，起承轉合的「起」還沒完呢，就被英語思考邏輯的人打斷，根本沒有機會到「合」，甚至還會覺得這個亞洲人很龜毛，講話每次都故意不先講重點，以至於每次才一開口，就會看到一堆人擺出「完蛋，又來了……」的嫌惡表情，一旦關上了耳朵，無論多麼精闢的論點都沒有效。

除非不斷練習，否則要達到邏輯的轉換，不是那麼容易的事情。試想，如果開會的時候每個人發言之前，都規定要先講結論，老是沒把結論想清楚就發言的人，就很明顯暴露弱點，那我們開會會變得多麼有效率啊！其實很多知名的外商公司高級主管，雖然同樣是華人，說的也同樣是中文，但是讓人覺得他們說話特別清楚，特別有條理，卻說不上來為什麼，其實就是邏輯轉換的成果。

英語辯論，其實是了解英語邏輯最自然的方式，我雖然使用「辯論（debate）」這個字眼，但其實不僅指台上的辯論比賽，而是商場上的協調，政府之間的磋商，警察與挾持人質的恐怖分子談判，甚至是情人之間的鬥嘴，都屬於我這裡定義的辯論。

或許這是為什麼有些人覺得談一場異國戀情，語言進步特別快，我在健身房就曾經不小心聽到一個教練，洋洋得意的告訴他的美國客戶，之所以英語滿不賴，全是跟一個加拿大女孩戀愛到分手這不到一年間鍛鍊出來的，相信像他這樣談一場戀愛，最後只留下回憶跟英語能力的，恐怕在亞洲並不算特例。

戀愛高手跟辯論高手很類似的一點，就是雙方為了要持續彼此的關係，必須不斷反覆，正確的表達，努力的說服，如果這樣

還無法進入對方的說話方式（說穿了也就是語言邏輯），那麼很容易就告吹了。

訓練辯論的四個步驟

英語發音文法好的人，不見得能夠在嚴肅的工作場合，需要斡旋的會議場合，發揮語言的力量，因為學英語時常只注重語言本身的文法、字彙，近來也開始注重發音，但是卻幾乎沒有人強調英語使用者的思考迴路構造，也就是語言的電路板，也就是邏輯，所以閒聊的時候感覺還不強，但是遇到正式嚴肅的場合，不得不沉默，沒辦法像平常聊天那樣侃侃而談，該發言的時候卻無法掌握時機，這時候才感嘆自己的英語「真的很爛！」

其實有幾個原則，可以幾個朋友一起，幫助彼此提升真正的英語能力。

了解辯論的遊戲規則

要具備以英語立即回答的能力，辯論很大的特色在於即興，如果沒有辦法即興面對質問，更沒有辦法反擊對方的論點。

在談話時使用肢體手勢，語調變化等技巧，了解聽者的反應。

擴展會話內容超越日常生活的熟悉範圍，嘗試在政經問題上表達思考，從描述熟悉的個人事件，升級到對大議題的簡要分析。

當然，對於英語的辯論，要有「不是傳統中文辯論中那種可以準備的演說」的覺悟，更不是一個人能夠閉門造車的事，雖然很多人覺得，連用英語點菜都已經結結巴巴了，還要辯論，不是太辛苦自己了嗎？但如果從只比日常生活閒聊的程度，稍微高一

點點的話題開始練習起，像環保購物袋是否過度氾濫？ 自己帶環保餐具出門是否真的有達到環保的效果？ 這些都是熟悉而容易發揮的基礎題材，不需要一開始就先討論伊朗的核子限武政策，或是國際輿論如何面對索馬利亞的海盜問題，我自己覺得比較有效的經驗是遵循這樣的四個步驟：

第一步：口語報告

首先是每個人做兩三分鐘的報告，針對政治、經濟、國際情勢、環境保護、科技、社會事件、文化現象等，每個人都要對這些不是很「家常」的內容，發表清楚的演說，因為從小到大的英語會話課，我們都可以很明顯的注意到，每次要講這些跟自己不太相關的話題時，就講得結結巴巴，但只要主題是講自己的經驗或家人的故事，英語就突然流利了起來，正是因為我們對於自己的事了解最多，興趣也最高，如果真的要提高英語能力，話題就不能老是圍繞在自己身上。

第二步：迅速回應

在這個部分，就是每個人針對對方剛才發表的報告，從各式各樣的角度來提出問題，講者也要能夠從各種角度來回應，在這發問的練習當中，可以訓練自己怎麼迅速理解對方的問題，同時如何迅速的給予回應。為了增加說服力，要如何在回應的內容當中，給予豐富的證據跟理由（Evidence/Reasons），不但能夠守住自己的論點，同時可以用新的語言邏輯，有技巧的說服對方。

第三步：集體討論

這個部分，就要做集體討論，根據各個指定的議題，能夠順利的進行有層次的討論，集體討論的時候，有兩個最重要的元

素：一個是積極性，另一個是知識。積極的參與討論，見縫插針，知道怎麼找到最好的時間點切入，成為討論圈中積極但不討人厭，強勢但不霸道的那個靈魂人物，當然這就要具備豐富的業知識，才能達成，老是靠開玩笑或轉移注意力，或許有一時的效果，但是長期來說只是讓人覺得這人沒有用心。

第四步：找一個有經驗的英語引導師

在這個部分，一個有經驗的英語老師或教練（coach），針對剛才演說、回應，以及討論三個階段的品質給分，並且講評，挑出哪些是英語邏輯結構上成立的觀點，哪些其實僅僅是用母語翻譯成英語的觀點，在英語的邏輯上是不成立的，透過不斷的意見反饋，反覆琢磨用英語建構觀點的能力，上台報告時熟練的表達方式跟自然的肢體語言，編出好看的英語簡報資料，並且把發表的內容寫成會議紀錄（對於英語報告的寫作能力有極大的幫助）。

這樣四個步驟反覆的練習，肯定會帶來英語能力的進步，帶著這樣的經驗，下次在構想要做這兩三分鐘的報告時，就可以特別注意幾個面向：

1.**構想力** 根據題目的問題點，是否能夠發想出獨特的視點，而不是媒體一般的觀點，這樣的構想力可以將自己的邏輯能力跟發想能力，推到極致。

2.**論理性** 記得運用西方理論展開的基本模式，回想並且模仿西方人對於同一件事情，會如何鋪陳的順序和方法，構成對西方人容易理解的訊息內容。

3.**表現力** 說話表現的抑揚頓挫，學習要如何讓西方人的耳朵，聆聽的時候對你的表達方法增加好感度。

我們會發現，只要有足夠的基本字彙，其實英語是很容易理

解的，其中有很重要的原因，在於英語的邏輯性很強；但是相對的，中文或日文等亞洲語言的邏輯性相對來說並不強，各式各樣的例外，普遍存在幾乎每一個句子當中，所以對於想學中文的外國人來說，中文真的很難學好！

如果要增強英語力，除了字彙、發音跟文法外，同步要加強邏輯思考，自己是不是邏輯思考很強的人，其實很容易發現，如果大多數人都覺得你開會發言的時候，都很清楚明確，而且可以立刻跟進，那就證明你做到了。

如果會說「This is a pen.」，就應該要能夠同樣流利的說「This is conspiracy.」

如果知道conspiracy是什麼意思的話，就應該能夠順利進行商務談判，而不是紙上明明認識的字，聲音化之後卻變得好陌生。

如果平常就把「make it a rule to do」這種每個單字都很簡單，但是合在一起說就顯得很厲害的字，背得滾瓜爛熟簡直就成為反射動作的話，當一般人很窘迫地說：「Ah, okay, I know, yes...」你卻可以若無其事的說：

"Yes, I will make it a rule to do so."
突然之間就變得金光閃閃，無敵耀眼啊！

解讀英語密碼的四個步驟

除非我們能夠運用英語的邏輯思維，使用正確有效的字眼和表達方式，否則很難透過英語溝通達到想要的目的，所以除了要按照正式英語的遊戲規則之外，還要能夠掌握言語的鑰匙，破解密碼，然後成功的轉換這些密碼。

需要再次強調的是，即使以英語為母語的人士，如果缺乏教

育，也不會有這種解碼的能力，所以不要覺得自己處在極端的弱勢，而應該把這個解讀的工作，當成是語言教育當中必須而且重要的一個環節。

無論任何一種語言，都會逐漸形成一套溝通密碼（Communication codes），也就是說特定的遣辭用字、說法、肢體動作，甚至語氣跟音量，會讓說話脫離字面表面上的意義，而有一套說者跟聽者都能夠不言而喻的默契，這就是一套通常在這個語言系統裡面的密碼，通常每個不同的語言至少會有一套不同的規則，比如同樣說「你好嗎？」在美國一般的情況中，被視為一種不需要回答的問候語，但是當來自德國的顧客，走進一家美國的服飾店，聽到店員熱情的招呼：

"Hey！How are you doing？"

結果不等待顧客回答，店員就已經逕自走開，這時顧客一定會覺得這個店員簡直太沒誠意而相當憤怒，甚至讓慢熱型的德國人因此覺得美國人都是表面熱情，其實內心冰冷。

但是對於美國人來說，只要打聲招呼，表示他已經知道你的存在，如果有任何需要的時候，歡迎你去找他，有了先前的招呼，就不會顯得突兀，但若沒有需要的話，也不會纏著你，在美國式的生活邏輯當中，這並非不禮貌，反而是對個人空間及隱私的一種尊重。

至於同樣的「你好嗎？」如果問俄羅斯人，對方十之八九就會開始抱怨昨晚失眠，最近為坐骨神經痛所苦，然後家裡的暖氣又出了什麼問題，因為如果只是像美國人般毫不加思索的說「Great！」會顯得很敷衍，只有把問題一股腦說出來才是把對方當朋友家人看待，因為人生本來就充滿了麻煩事，怎麼可能萬事

順心呢？

能夠洞悉話中有話的技術，在英語裡面稱之為「reading between the lines」，也就是說不是光看字面，而是從兩行字之間空白的地方，推敲真正的含義，如果要一一列舉的話，恐怕十萬字也不夠，而且也不見得完全適用於每一種情況，最好的方式就是掌握以下的四個步驟：

步驟一：

留心對方的用字。如果對方強調「to be honest（with you）」跟你說真的，或是「I'm not gonna lie to you,」我不會騙你的啦，這類用意在取信於聽者的話使用得越多，往往反映了說話者的觀點並不可信。

步驟二：

留心對方的語氣。說話者是不是很冷靜，很清楚？還是支支吾吾，含糊帶過一些細節？是不是對於你提出來的問題，表現出很強的防禦性？是否提高嗓門？會不會插嘴想用大聲蓋過你的說話？如果是的話，很有可能你碰到了他想隱藏的什麼痛處。

步驟三：

留心對方的肢體語言。有傳播學者曾經說，溝通有90%表現在非語言上，所以觀察說話者說話時的姿勢、神態、眼神，是不是目光飄忽不定？是不是手臂交叉或是腳疊在膝蓋上，表現出防禦的姿態？身體是往聽者的方向前傾還是向後迴避？很多人以為目光直視對方的人，應該是心胸坦蕩，說的必然是實話，但是事實不然，尤其在正式場合，會刻意與聽者目光交會的人，通常是特別受過訓練，要創造誠懇的印象，並不見得能夠反映事實。

步驟四：

相信直覺。如果直覺說話者不可相信，這時應該要相信自己
的第一印象。

用英語有效反擊的五個技巧

所謂「以其人之道，還治其人之身」，針對如何回應對方的
語言攻勢，也有五個可以運用的技巧：

技巧一：
插話（Cutting-in）

不一定要等到對方都說完了才回應，比如律師或政治人物在
質詢時常使用的技巧是，詢問一連串的問題，但是不等對手有時
間回答第一個問題，就已經用自己的想法回答，並且引導到下一
個問題。

如果我們讓這個情形發生的話，自己就會因為沒有機會為
自己第一個問題辯解而緊張，又怕對方抓住自己的一句話斷章取
義，以至於接下來兵敗如山倒，只能眼睜睜挨悶拳，在這個時候
要保持冷靜和自信，不要害怕打斷對方的連珠砲，因為對方很清
楚知道自己這麼做的效果。

亞洲人通常在彼此說話之間，留一些沉默，就是起承轉合的
語言習慣，讓我們必須全盤想好以後再有條不紊地說，但是西
班牙語系就是另一個極端，說話的雙方常常彼此重疊，不等一方
說完就已經開始接著說，那是因為最重要的結論通常在第一句就
已經點出來，之後的句子主要的作用都在於支撐第一句的觀點，
至於英語就介於兩個語系之間，雖然說話的時候不會像拉丁語系

那樣重疊各說各話，但是說話者之間卻接得非常緊密，讓開口的人佔有發言的位置，有時候還沒有完全消化完前一個人所講的話，但是為了取得發言權，所以會緊密的接上去，這時候前面的幾個字眼，通常就是之前所說的「萬用句型」，因為說的人其實也還在邊說邊想，真正的重點多在第二句，甚至第三句以後才會出現。

技巧二：
放慢節奏（Slow it down）

既然我們學習在對方說話到一半的時候插話，對方也一定會在情況可能對自己不利的時候打斷我們的說話，這是英語的辯論邏輯，不像中文裡，因為每個論點都需要起承轉合，所以我們養成從頭到尾耐心聽完對方的觀點之後，才進行回應。正因為英語多屬於「前重心」的邏輯，因此推論通常在頭一兩個句子就已經說出來了，如果對方覺得不利己方，就會很快的打斷，在這時候，最適當的回應是，停下來，用充滿自信的微笑看著對方，放慢說話速度，看著對方的眼睛告訴他：

"I'll answer your next question, when I'm done with this one."
等我說完了，我自會回答你的下一個問題。

如果對方想阻止你把論點說完，常常會說「We're moving on.」我們別再說這個了。這時候，與其順從的放棄自己說了一半的話，應該堅定的說：

"We will move on, when I'm finished."
等我說完了，我們自然會繼續下一個項目。

同樣的，這個時候要有點無奈的停下來，用充滿自信的微笑看著對方，放慢說話速度，看著對方的眼睛說話，雖然這彷彿是

演戲，但是訴諸權威的專業人士都深諳此道，如果我們不希望別人把我們說話的力量抵銷掉，讓對手主導整個話題的進行，就要有中和對方力量的能力。

不要害怕說「I'm not finished.」我還沒說完。如果的確有話要說，因爲作爲一個思考邏輯習慣有完整起承轉合的亞洲人，常常容易在一開始沒有點出結論，就被西方人打斷我們的陳述，以至於還無法講到重點，溝通的門就已經被重重關上。

技巧三：
永遠別讓人對你大聲（No Shouting！）

有些人因爲自己的權位，習慣對其他人扯開嗓門吼叫，千萬別讓人這樣對我們，要記得，全世界唯一可以對我們吼叫的人只有兩個，那就是我們的父母，其他人一概沒有這個權力，因此如果發現對方用大嗓門不客氣的對待你，一定要保持冷靜，並且把對方的防衛面具拆下，不要跟著提高音量，因爲這只會讓不善於用英語爭辯的我們，落入敗部。

至於要如何讓對方卸甲？ 罵人不帶髒字是最高明的挖苦技術，讓他們覺得自己失態而丟臉，這時候不妨冷靜地說：

"I understand the concern. Though I do think you're being very emotional right now. Let's talk about this once you've had a chance to calm down."

我深知您的顧慮，但是我個人認爲您現在情緒激動，不妨等您平靜下來之後，我們再來談。

如果對方沒有因此而放棄，還是堅持要繼續的話，這時候可以接著說：

"I will talk to you, but I will not let you shout at me. You are a professional and I respect you for that, but you are not my mother."

我們當然可以談，但是我不會讓你對我大吼大叫。您是個專業人士，我也因此對您敬重有加，但你可不是我老母。

如此一來，優劣的局勢就翻轉過來，讓原本想要表現強勢的一方，顯得可笑而幼稚，對於不習慣面對當面衝突的亞洲人，這是一個最簡便而且最安全的語言自我防禦。

技巧四：
對抗專有名詞術語（Flood with jargons）

在日常生活當中，我相當不喜歡隨時把行業術語或專有名詞掛在嘴邊的人，彷彿那些各式各樣英文縮寫、簡稱，應該是每個人都應該知道的基本常識。但我們都知道，這是醫生或律師讓病人或客戶覺得相形見絀的利器，因為他們當然知道我們不可能對這些拉丁文的病名藥名或法律條文的章節出處有所了解，可他們還是刻意掛在嘴上說，而且沒有想要說明的意思，這並不是意外或巧合，而是刻意讓對方感覺到自己對這些自己似乎應該要知道的事情卻一無所知，而產生不自在的感覺，這是他們有意要瓦解我們自信心的談話方式，讓自己保持站在有利的強勢位置上，讓我們跟隨著對方的建議，所以如果發現有人這樣對待我們的時候，就要立刻瓦解對方的武器。

瓦解這些力量的方式其實很簡單，就是對於這些專有名詞表現出高度的興趣，拚命問問題，語氣真誠地要求對方詳細說明，彷彿是個對新事物充滿好奇的孩子，只要他們使用越多術語，就會越常被打斷，對方很快就會因為自找麻煩而放棄用這種方式來佔上風。

不用擔心提出問題會丟臉，因為有意過度使用術語的人，心知肚明他在對一個不懂這些術語的人說話，所以裝成理解的模

樣，反而會被對方當成笑話或瞧不起。

技巧五：
語言之餌（The Bait）

無論哪一種語言，伶牙俐齒的人都會利用誘導性的話語來激怒對方，在使用自己的母語時，我們比較知道該如何反擊，但換成一個外國語言的時候，卻常常讓我們目瞪口呆，吃了悶虧但又不知道如何是好。

比如說職場上如果有同事想要推託工作給你，可能會說：

「這個很簡單，連你都可以做，中午之前做好給我吧？」

面對這個「連你都可以做」的說法，我們可能會火冒三丈，以至於回應出一些也不怎麼高明的話：

「什麼叫做連我都可以？你這不是瞧不起人嗎？」

萬一我們因為情緒反應而斷然拒絕的話，反而讓同事有更多的藉口可以扭曲事實，在上司面前說成是你推託簡單的工作，不拒絕的話又覺得自己吃虧，這時候記得不要變成一尾上鉤的魚，當作沒聽到話中帶刺，直接回答問題的重點：

「我很樂意幫你，但是看來必須等我先把手上的任務結束，如果你後天還沒辦法完成的話，再來找我，我們再來看看該怎麼辦。」

如此一來，不但清楚地表明立場，說明這是對方應該要做的分內工作，同時沒有情緒性的回應，或是正面的拒絕，一旦對方連續兩三次都碰一鼻子灰，以後就不會再繼續嘗試了。

所以這五個技巧共同的目標是，我們可以拒絕讓別人用言語控制我們，不單單是把英語作為外國語的我們，即使是英語為母語的人也必須學習如何面對這些語言的陷阱，這並不是如想像中

與生俱來的能力，就好像我一個朋友的父親告訴他的至理名言：

"You may not like the way things are in this world, but if you don't learn the rules of the game and fight back, you will always lose."

你或許不喜歡這個世界的某些方式，但是如果你不學習遊戲規則，知道怎麼反擊的話，就永遠只有挨打的分。

用英語主動出擊的四個原則

語言的運用，最後的關鍵還在於是否能夠顯現出機智和巧妙，正式場合中，以英文為母語的說話者，時常會毫不留情的在非母語的說話者面前，擅用這個優勢，這也無可厚非，因為換成是我們用自己的母語時，也一定會這樣做。此時，除非我們能夠用言語反擊，否則常常就會變成沉默的一方。

這裡介紹四個值得掌握的原則，來幫助非母語的英語使用者，如何能夠順利的抵擋語言的攻勢，甚至能夠利用同樣的語言邏輯，發展精采的辯論。

原則一：

如果聽眾並不是以英文為母語，或是教育背景並非學術專家，應該避免使用生澀古怪的字彙（也就是附錄四列出來的144個有點難的超閃光字彙），因為聽者無法理解你所說的用語，對於討論或辯論並沒有任何幫助，盡量多使用簡短的倒裝句型，以及被動句型，就已經足夠表現出你掌握英語邏輯的力量，比如在表示「我同意……（I agree...）」的時候，只要輕巧地轉換成it's widely agreeable, in my humble opinion...（以我個人的拙見，這是普遍上很讓人能接受的……），立刻就擴充了句子的長度，給自己更多思考下一個句子的時間，同時在每個人都能夠輕易了解內容的情況下，懾服於你身為一個非英文母語發言者的表達能力。

原則二：

講越是重要的觀點，表達越應該簡單化。

對於母語非英語的發言者來說，時常因爲對於熟悉的內容，只是因爲表達比較容易，忍不住多講了很多其實不重要的細節，因此要特別有意識地避免對簡單的事情，做太多細節的描述，因爲如果對我們來說是很簡單的，想必對於聽者來說也很簡單，不需要贅述，給人「這傢伙不是很聰明」的感覺。

原則三：

最有威嚇力的架式，不是嚴肅凜然，而是一派輕鬆。

很多亞洲人在正式場合以英語發表論點，覺得如臨大敵，給人亞洲人古板嚴肅的印象，如果能夠顯得輕鬆自在，但是避免太過口語的說話方式，就好像許多老外以爲中國人無論是誰多少都會那麼一點拳腳功夫，因此如果能夠輕鬆擺出功夫的準備架式，立刻就會起嚇阻的效果，使用英語的時候也是一樣的道理，在開始說話的第一個句子，就展現對英語邏輯的熟悉，立刻就能夠吸引注意。

原則四：

有些人誤以爲展現冷僻艱澀字彙的能力，可以起嚇阻的效果，但是如果仔細想想，平常在生活中，最讓人感覺到權威，自己在對方面前立刻矮了半截的人，通常是醫生、律師、警察，或是大企業的高層主管，爲什麼這些私下平凡的人，會在工作場合讓人有高高在上的感覺？ 那就是一種恫嚇的技巧（Intimidation techniques），他們所表現在外的自信，讓我們感覺緊張、渺小，甚至懷疑自己明明十分確定的答案，唯一的反擊方式是：別讓對

方抵銷你的力量。

要在對手面前維護自己的自信力量，唯一的有效方式就是保持冷靜，別忘記自信的笑容，知道對方其實只是虛張聲勢，並且知道該如何回應對方。

英語交涉的七個邏輯形式

如果想用英語成功的交涉、談判，就必須直接使用英語本身的邏輯思維，不能透過自己的語言思考，然後照本翻譯，因此交涉的邏輯要符合以下七個形式：

1.語言的形式

交涉的來往當中，除了真實的資料和數據之外，也要交換彼此的意見，盡量多問問題，表示對議題的重視程度，盡量不要離題，也不要中途為了放鬆氣氛而開玩笑或是談論私人話題（這是亞洲人在覺得需要做點什麼來化解緊張或尷尬的時候，常常會犯的文化錯誤），盡量避免不必要的中斷跟干擾。

2.外在的形式

商業或正式場合的交涉，無論在說或寫的時候，多半偏向使用冗長而複雜的句子，語氣保持沒有情緒性的平緩，無論平時的交情如何，都要全程保持嚴肅，不可顯出激動或是輕浮，就像弈棋的老人家，進行的速度也會刻意緩慢，不可失去耐性。

3.肢體語言

交涉的過程當中盡量保持沒有情緒性的眼神接觸，不要因為尷尬或想要打破沉默的氣氛而微笑，最好臉部沒有太多的表情，坐姿端正，不宜頻繁移動，身體稍微向前傾，跟交涉的對方保持

一個人身長的適當距離，不可過近也不宜比兩公尺更遠，盡量不要有大的肢體動作，像是伸懶腰或是因為長時間坐姿僵硬而站起來開始晃腦甩手，都不恰當。穿著正式服裝，盡量避免身體接觸，也不宜使用明顯氣味的香水或古龍水，場所也以選擇正式的會議室為宜。

4.遣辭用句

只要是交涉的參與者，無論私下的交情如何，都要以正式稱謂互稱，話題緊緊圍繞在交涉的內容，遣辭用句即使正式稍嫌矯情做作也要忍耐，不可表現出好笑的模樣，文法要正確，句子要完整，全程使用的時態不是現在式，就是未來式，表示對未來前瞻的決心，如非必要，不使用過去式。就算其中幾人使用共同的外國語言或方言，也千萬不可彼此用母語交談，以免造成誤解或信任上的缺陷。

5.先禮後兵

交涉一開始的時候，盡量讓氣氛輕鬆、愉快，最好能夠講個跟當日交涉主題相關的笑話或小故事，放鬆大家的心情，發言時使用簡短的句子跟選擇簡單的字彙，說話的速度不妨快一些，但是不要打斷任何人的發言，表現出認真傾聽，微笑的眼神接觸，彼此之間的距離可以近些，並且充滿友善的感受，一旦交涉的參與者都能夠感受到彼此的誠意，有一定的信任感產生之後，再巧妙地轉入正式嚴肅的工作氣氛，交涉的效果往往會更加成功。

6.面對僵局

既然是交涉，自然有可能堅持己見，讓談判陷入困境，這時候也需要能夠巧妙的暫時轉換氣氛，如果問題出在交涉者毫不

讓步，堅持以強勢的語言強迫對方接受所有條件，運用所謂的「hammer strategy」榔頭策略，這時有兩個方式可以面對，首先放下進行中的議題，雙手一攤，禮貌而開放性地問：

"Why do you want that？"

你為什麼會想要那樣？對方的回答通常可以幫助我們釐清對方結論的來龍去脈。如果對方無法清楚的回答，這時候就可以用另外一種方式，就是退回去討論背景跟前提，提供充分的背景資訊，試圖協助參與各方釐清整體的情況，而不是讓僵持不下的緊張無限制的升高，終至談判破裂的地步。

如果僵持的是議題本身，參與者應該共同抽離，界定這個陷入僵局的議題，在整體交涉的內容當中，重要性屬於高、中，還是低，這樣一來就大大減低在重要性不高的細節上花費許多精力的可能性，也不至於因為急於達成通過，而草率地更動重要的內容。

7.假性危機

在交涉的時候，站在比較弱勢的一方，因為自身的危機感，反而比較有可能會採取積極或強硬的攻勢，所以當這樣的情形發生時，如果能夠了解弱勢方的心態，只專注在議題的討論本身，通常可以繼續順利進行，並不至於演變成為真正的危機。

這樣的交涉邏輯，和傳統的亞洲方式有很大的不同，但就如之前所提到的，因為美式的MBA成為主流之後，美式的商業邏輯也被大量應用在世界其他地方，成為強勢的「顯學」，在交涉上因為有以上七個巧妙的形式可以遵循，也在談判的場合幾乎所戰皆捷，但是在這整套交涉方法的最深處，還是反映英語文化的邏輯思維本身。

跟老外平起平坐的五個條件

跟老外用英語平起平坐，本來就不是要「戰勝」老外，佔盡鋒頭的意思，而是能夠深入語言的邏輯本身，表現出不卑不亢的態度，所以不是要用句子或是詞彙來起恫嚇的作用，這就好像在世界盃足球賽場上，雖然各個球隊所使用的語言不同，但是因為有一套共同的競賽規則，所以能夠達到公平競賽的效果，這整個系列的目的，就是在說明這套由英語使用者制定的競賽規則。

如果要用公平的球賽來比喻，使用英語的邏輯來較量高下，有幾個技巧的確可以讓我們看起來雖然外表明顯不同，卻一眼就感覺出是支厲害的隊伍，比如說：

一、架式要夠：

第一眼要讓對手看到我們有很棒的制服，最好的配備，甚至連球隊標誌都好看，一眼就看出是訓練精良、資源豐富的軍團，而不是從地球的另一端來的懸樑刺股出身的苦行僧或邅邅不登大雅之堂的赤腳雜牌軍。

二、借力使力：

著名球隊的球衣上，都有著明顯的贊助商標誌，有時不只一個，還正面背面側面加起來好幾個，這些穿著贊助商標誌的球員，並不會因為變成活廣告而丟臉，相反的，有著這些名聲顯赫的企業作為背書，證明了這不單是一支受到肯定的隊伍，而且還是極為專業的隊伍。

三、門面要氣派：

球隊重視的是球技，但是如果沒有最好的配備，或是把所有

的裝備保持在最完美的狀態，外表已經與眾不同的狀況下，很難立刻受到對方的尊重，如果外表精良，不但可以被公平看待，甚至可以有效的嚇阻敵人的攻勢。

四、外露的自信：

如果肢體語言可以表現出很自在，即使在對方的球場，也有如在自家的後院般，就會讓對方感覺到你們是彼此勢均力敵的，而不會有主客之分。

五、培養自信心：

不只是球賽，也不只是學習用英語與世界各方的人士平起平坐，培養自信是對生活全面都非常有幫助的一個建議。因為你不但可以在外表上氣勢凌人，內在也可以避免被別人的氣勢擊垮。

具備了這些了解英語邏輯思維以及語言所衍生出來的文化遊戲規則，要透過英語，跟各式各樣的外國人平起平坐，是每個人經過一些自我訓練後都能夠指日可待的。

加油吧！地球人！

說英語＝國際化？

最後我要說，如今許多人把英語能力跟國際化畫上等號，讓我感到非常的意外。

日本的Toyota豐田汽車，甚至決定員工要晉升的條件，TOEIC要達到600分以上，問題是從台灣到日本，韓國到中國大陸，每年美語補習班都創造出好幾個900分的滿分榜首，但是TOEIC滿分或接近滿分，卻完全沒有辦法用英語開口說話的，卻

比比皆是，所以TOEIC檢定成績越高，表示越國際化，這個邏輯本身就有很大的問題。

　　了解英語的邏輯（結構），能夠在面向國際的時候順利轉換邏輯，這才是國際化吧？ 否則像韓國要進大學要先考托福，這跟「國際化」一點也沒有關係，充其量只能叫做「具有國際色彩」，或是「充滿異國風情的教育制度」，要成為國際人，迎接國際時代的來臨，培養國際時代所需要的觀念意識，只是固執的把自己的想法（邏輯），翻譯成為英語，就算一直開口說，卻也不能算「說英語」，頂多只能算是流利地「把中文直譯成英文」的真人翻譯機，因為這樣的人就算能強迫別人了解，甚至接受自己的邏輯，還是無論如何都聽不懂說英語的人話語真正的重點，更別說回應英語的質問，或是朝著共同的目標一起努力。

　　因為在中文邏輯裡面，跟我們的想法思路一樣的人，才能變成朋友，所謂的「志同道合」，「道不同不相為謀」，我們對於外國人最高的讚美，往往是：

「她的想法簡直就跟我們一樣！」
「他很瞭我們在想什麼，根本就是個台灣通！」

　　我們以為對方終於被同化了，好像老外學會用筷子就是終於對博大精深的中華文化進了一小步，潛意識裡面藏著使用筷子比刀叉優越的陳腐概念，卻沒有想到，對方可能只是掌握到，把語言轉換成我們可以理解的邏輯，來跟我們交往罷了。我們希望用英語達到的，不也就是相同的目的嗎？

　　在英語（或大部分西方語言）的邏輯裡，獨特性是非常讓人尊重的，所以朋友想法、價值觀、理念和我們不一樣，是再正常

不過的事，友誼本來就不必然建立在「看法要一致」的基礎上，這是爲什麼我們常常把國際化混淆成「同化」，覺得要不是大家都來學中文，變得跟我們一樣，就是我們要學英文，變得跟他們一樣，不是Yes就是No，不是黑就是白，重點是要大家變得「一樣」，卻忘了西方所謂的國際社會、國際化、全球化，特色就是在於寬容，就算不了解也可以尊重，每個族群「不一樣」，一旦把「尋求同化，變成一樣」變成目標，就會演變成危險的意識形態對立，甚至無可避免的戰爭。

共同的語言邏輯，讓我們在世界上，跟背景與我們不同的人，能夠一起旅行，一起工作，一起哭，一起笑，平起平坐，就像Connie英語班學生的阿富汗難民和伊朗難民，透過學習共同的語言：英語，讓我們放下用頭腦在理解世界的習慣，而開始學習用生命經驗在領會，突然，我們開始能夠看到我們彼此的共同點，而不是只看到人跟人相異的地方。

這就是語言的力量。

附錄

第一階段：幫我生存的850個字

A

able • about • account • acid • across • act • addition • adjustment • advertisement • agreement • after • again • against • air • all • almost • among • amount • amusement • and • angle • angry • animal • answer • ant • any • apparatus • apple • approval • arch • argument • arm • army • art • as • at • attack • attempt • attention • attraction • authority • automatic • awake

B

baby • back • bad • bag • balance • ball • band • base • basin • basket • bath • be • beautiful • because • bed • bee • before • behavior • belief • bell • bent • berry • between • bird • birth • bit • bite • bitter • black • blade • blood • blow • blue • board • boat • body • boiling • bone • book • boot • bottle • box • boy • brain • brake • branch • brass • bread • breath • brick • bridge • bright • broken • brother • brown • brush • bucket • building • bulb • burn • burst • business • but • butter • button • by

C

cake • camera • canvas • card • care • carriage • cart • cat • cause • certain • chain • chalk • chance •

change • cheap • cheese • chemical • chest • chief • chin • church • circle • clean • clear • clock • cloth • cloud • coal • coat • cold • collar • color/colour • comb • come • comfort • committee • common • company • comparison • competition • complete • complex • condition • connection • conscious • control • cook • copper • copy • cord • cork • cotton • cough • country • cover • cow • crack • credit • crime • cruel • crush • cry • cup • current • curtain • curve • cushion • cut

D

damage • danger • dark • daughter • day • dead • dear • death • debt • decision • deep • degree • delicate • dependent • design • desire • destruction • detail • development • different • digestion • direction • dirty • discovery • discussion • disease • disgust • distance • distribution • division • do • dog • door • down • doubt • drain • drawer • dress • drink • driving • drop • dry • dust

E

ear • early • earth • east • edge • education • effect • egg • elastic • electric • end • engine • enough • equal • error • even • event • ever • every • example • exchange • existence • expansion • experience • expert • eye

F

face • fact • fall • false • family • far • farm • fat •

father • fear • feather • feeble • feeling • female • fertile • fiction • field • fight • finger • fire • first • fish • fixed • flag • flame • flat • flight • floor • flower • fly • fold • food • foolish • foot • for • force • fork • form • forward • fowl • frame • free • frequent • friend • from • front • fruit • full • future

G

garden • general • get • girl • give • glass • glove • go • goat • gold • good • government • grain • grass • great • green • grey/gray • grip • group • growth • guide • gun

H

hair • hammer • hand • hanging • happy • harbor • hard • harmony • hat • hate • have • he • head • healthy • hearing • heart • heat • help • here • high • history • hole • hollow • hook • hope • horn • horse • hospital • hour • house • how • humor

I

I • ice • idea • if • ill • important • impulse • in • increase • industry • ink • insect • instrument • insurance • interest • invention • iron • island

J

jelly • jewel • join • journey • judge • jump

K

keep • kettle • key • kick • kind • kiss • knee • knife • knot • knowledge

L

land • language • last • late • laugh • law • lead • leaf • learning • leather • left • leg • let • letter • level • library • lift • light • like • limit • line • linen • lip • liquid • list • little (less, least) • living • lock • long • look • loose • loss • loud • love • low

M

machine • make • male • man • manager • map • mark • market • married • match • material • mass • may • meal • measure • meat • medical • meeting • memory • metal • middle • military • milk • mind • mine • minute • mist • mixed • money • monkey • month • moon • morning • mother • motion • mountain • mouth • move • much (more, most) • muscle • music

N

nail • name • narrow • nation • natural • near • necessary • neck • need • needle • nerve • net • new • news • night • no • noise • normal • north • nose • not • note • now • number • nut

O

observation • of • off • offer • office • oil • old • on • only • open • operation • opposite • opinion • other • or • orange • order • organization • ornament • out • oven • over • owner

P

page • pain • paint • paper • parallel • parcel • part • past • paste • payment • peace • pen • pencil • person • physical • picture • pig • pin • pipe • place • plane • plant • plate • play • please • pleasure • plough/plow • pocket • point • poison • polish • political • poor • porter • position • possible • pot • potato • powder • power • present • price • print • prison • private • probable • process • produce • profit • property • prose • protest • public • pull • pump • punishment • purpose • push • put

Q

quality • question • quick • quiet • quite

R

rail • rain • range • rat • rate • ray • reaction • reading • ready • reason • receipt • record • red • regret • regular • relation • religion • representative • request • respect • responsible • rest • reward • rhythm • rice • right • ring • river • road • rod • roll • roof • room • root

• rough • round • rub • rule • run

S

sad • safe • sail • salt • same • sand • say • scale • school • science • scissors • screw • sea • seat • second • secret • secretary • see • seed • seem • selection • self • send • sense • separate • serious • servant • sex • shade • shake • shame • sharp • sheep • shelf • ship • shirt • shock • shoe • short • shut • side • sign • silk • silver • simple • sister • size • skin • skirt • sky • sleep • slip • slope • slow • small • smash • smell • smile • smoke • smooth • snake • sneeze • snow • so • soap • society • sock • soft • solid • some • son • song • sort • sound • south • soup • space • spade • special • sponge • spoon • spring • square • stage • stamp • star • start • statement • station • steam • stem • steel • step • stick • sticky • stiff • still • stitch • stocking • stomach • stone • stop • store • story • straight • strange • street • stretch • strong • structure • substance • such • sudden • sugar • suggestion • summer • sun • support • surprise • sweet • swim • system

T

table • tail • take • talk • tall • taste • tax • teaching • tendency • test • than • that • the • then • theory • there • thick • thin • thing • this • though • thought • thread • throat • through • thumb • thunder • ticket • tight • till •

time • tin • tired • to • toe • together • tomorrow • tongue • tooth • top • touch • town • trade • train • transport • tray • tree • trick • trouble • trousers • true • turn • twist

U

umbrella • under • unit • up • use

V

value • verse • very • vessel • view • violent • voice

W

waiting • walk • wall • war • warm • wash • waste • watch • water • wave • wax • way • weather • week • weight • well • west • wet • wheel • when • where • while • whip • whistle • white • who • why • wide • will • wind • window • wine • wing • winter • wire • wise • with • woman • wood • wool • word • work • worm • wound • writing • wrong

X

（無）

Y

year • yellow • yes • yesterday • you • young

Z

（無）

第二階段：幫我交朋友的1,000個字

A

* a/an
* able/ability/abler/ablest/ably/abilities/unable/inability
* about
* absolute/absolutely/absolutist/absolutists
* accept/acceptability/acceptable/acceptably/unacceptable/acceptance/accepted/accepting/accepts/unacceptably
* account/accounted/accounting/accounts
* achieveachievable/unachievable/achieved/achievement/achievements/achiever/achievers/achieves/achieving
* across
* act/acted/acting/action/inaction/actions/actionable/acts/actor/actors/actress/actresses
* active/actively/activities/activity/inactive/inactivity/activist/activists/activism
* actual/actually/actuality
* add/added/adding/addition/additional/additionally/additive/additives/additions/adds
* address/addressed/addresses/addressing/addressee/addressees

* admit/admission/admissions/admittedly/admits/
admitted/admitting/admissible/admissibly/inadmissible/
admittance/readmit/readmitted/readmitting/readmits/
readmittance/readmission/admissibility/admissibilities/
inadmissibility
* advertising/advertises/advertiser/advertisers/
advertised/advertisement/advertisements/advertize/
advertizing/advertizes/advertizer/advertizers/advertized/
advertizement/advertizements/ad/ads/advert/adverts
* affecaffected/affecting/affects/unaffected/affectation/
affectations
* afforafforded/affording/affords/affordable/
unaffordable
* after/afterward/afterwards
* afternoon/afternoons
* again
* against
* age/aged/ages/aging/ageing/ageism/ageist/
ageless/ager/agers
* agency/agencies/agents
* ago
* agree/agreed/agreeing/agreement/agreements/
agrees/agreeable/agreeably/disagreeably/disagreements/
disagree/disagreeable/disagreed/disagreeing/
disagreement/disagrees
* air/airy/airier/airiest/airiness/airily/airless/airs/
aired/airing/airings/midair

* all
* allow/allowance/allowances/allowed/allowing/allows/allowable
* almost
* along
* already
* alright
* also
* although
* always
* am/American/Americans/Americanise/Aericanised/Americanising/Americanisation/Americanize/Americanized/Americanizing/Americanization
* amounted/amounting/amounts
* and
* another
* answer/answered/unanswered/answering/answers/answerable/unanswerable
* any/anybody/anyhow/anymore/anyone/anything/anyway/anywhere
* apart
* apparent/apparently
* appear/appearance/appeared/appearing/appears/appearances/reappear/reappears/reappeared/reappearing/reappearance/reappearances
* apply/application/applications/applied/applies/applicable/applying/applicant/applicants/applicability/

applicator/applicators

* appoint/appoints/appointed/appointing/
appointments/appointment/reappoint/reappointed/
reappointing/reappointments/reappointment/reappoints/
appointee/appointees

* approach/approachable/approached/approaches/
approaching/unapproachable

* appropriate/appropriacy/appropriately/
appropriateness/inappropriacy/ inappropriate/
inappropriately

* area/areas

* argue/arguing/argues/argued/arguable/arguably/
unarguably/argument/arguments

* arm/armed/arms/unarmed/armful

* around

* arrange/arranged/arranging/arranges/
arrangement/arrangements

* art/arts/artist/artistic/artists/artistically/arty

* as

* ask/asked/unasked/asking/asks

* associate/associates/associated/associating/
associative/associatively/associations/association/
disassociate/disassociated

* assume/assumed/assumes/assuming/assumption/
assumptions/unassuming/unassumingly

* at

* attend/attends/attending/attended/unattended/

attendant/attendants/attendance/attendances/attention/
attentions/attender/attenders

* authority/authoritative/authoritatively/
authoritativeness/authorities

* available/availability/unavailability/unavailable

* aware/awareness/unaware/unawares

* away

* awful/awfully

B

* baby/babies/babyish

* back/backed/backing/backs/backbone/backwards/
backward/backwardness/backwardnesses

* bad/badly/badness/baddy/baddies

* bag/bags/bagging/bagged/baggage/baggy/
baggier/baggiest/bagginess/baggily

* balance/balancing/balances/balanced/imbalance/
imbalances/unbalanced/unbalance/unbalances/
unbalancing

* ball/balls

* bank/banked/banker/bankers/banking/banks/
interbank

* bar/bars/barred/unbarred/barring

* base/based/baseless/bases/basic/basics/basically/
basing

* basis

* be/am/are/aren't/ain't/been/is/isn't/was/wasn't/

were/weren't/being/beings/bein'/'twas/'tis

* bear/bearing/bearings/bearable/unbearable/ bears/bore/born/reborn/unborn/borne/bearer/bearers/ unbearably/bearably
* beat/beats/beating/beatings/beaten/unbeaten/ unbeatable/beater/beaters
* beauty/beautiful/beautifully/beauties
* because/cos/coz
* become/became/becomes/becoming
* bed/bedroom/bedrooms/bedroomed/bedding/ bedded/beds
* before
* begin/began/beginner/beginners/beginning/ beginnings/begins/begun
* behind
* believe/believed/believes/believing/disbelief/ believable/unbelievable/unbelievably/believer/believers/ unbeliever/unbelievers/disbelievingly/disbelieving/ bisbelieved/disbelieves/disbeliever/disbelievers/unbelief/ unbelieving/unbelievingly/disbelieve
* benefit/beneficial/beneficially/beneficiary/ beneficiaries/benefitted/benefitting/benefited/benefiting/ benefits
* best/better/betterment/betterments
* bet/betting/bets
* between
* big/bigger/bigness/biggest/biggish

* bill/bills/billed/billing
* birth/births/birthdays/birthday
* bit/bits
* black/blacker/blackest/blackly/blacken/blackened/
blackening/blackens/blackness/blacks/blackish/blacking/
blacked
* bloke/blokes
* blood/bled/bleed/bleeding/bleeds/blooded/bloody/
bloodied/bloodying/bloodies/bloodiness/bloodless/
bloodlessness/bloodlessly
* blow/blew/blowing/blows/blown/blower/blowers
* blue/blueness/bluer/bluest/bluish/bluey/blues
* boar/boarded/boarding/boards/boarder/boarders
* boat/boats/boated/boating/boatman/boatmen/
boater/boaters
* body/bodies/bodily/bodied
* book/books/booklet/booklets/bookish
* both
* bother/bothered/bothering/bothers
* bottle/bottling/bottles/bottled/unbottled
* bottom/bottoms/bottomed/bottoming/bottomless
* box/boxes
* boy/boyhood/boys/boyish
* break/breaking/breakage/breakages/breaks/broke/
broken/unbreakable/outbreaks/outbreak/unbroken/
breaker/breakers
* brief/briefed/briefing/briefly/briefs

* brilliant/brilliantly
* bring/bringing/brings/brought
* Britain/British/Brit/Brits
* brother/brothers/brotherly/bro/bros
* budget/budgetary/budgeted/budgeting/budgets
* build/builder/builders/building/buildings/builds/
built/unbuilt/rebuild/rebuilding/rebuilt/prebuilt
* bus/bussing/buses/busses/bussed
* business/businesses/businessmen/unbusinesslike/
businesslike/businessman/businesswoman/
businesswomen
* busy/busily/busiest/busier/busied/busies/busying
* but
* buy/bought/buying/buys/buyer/buyers
* by

C

* cake/caked/caking/cakes
* call/called/calling/calls/caller/callers
* can/cannot
* car/cars
* card/cards
* care/cared/uncared/careful/carefully/careless/
carelessness/cares/caring/carelessly/uncaring/carer/carers
* carry/carried/carrier/carriers/carries/carrying
* case/cases
* cat/cats/catlike

* catch/catches/catching/caught/uncaught/catcher/ catchers/catchy
* cause/caused/causes/causing/causation/causative
* cent/cents
* centre/center/centrist/centerists/centers/centred/ centered/central/centralism/centrally/centrality/ centralities/centres/centrist/centrists/centralize/centralizes/ centralized/centralizing/centralization/centralized/ centralize/centralizes/centralizing/centralization
* certain/certainly/certainty/uncertain/uncertainties/ uncertainty/uncertainly
* chair/chairs/chaired/chairing
* chairmanchairmen
* chance/chanced/chances/chancing
* change/changed/changes/changing/changeable/ unchanged/unchangeable/unchangeably/unchanging/ changer/changers
* chap/chaps/chappie/chappies
* character/characteristic/characteristically/ characteristics/characterize/characterized/characterization/ characterizes/characterize/characterized/characterizes/ characterizing/characterizing/characters/uncharacteristic/ uncharacteristically
* charge/charged/uncharged/charges/charging/ charger/chargers/chargeable/nonchargeable
* cheap/cheapness/cheaply/cheapest/cheaper/ cheapen/cheapening/cheapened/cheapens

* check/checks/checking/checked/unchecked
* child/children/childish/childhood/childless/childlike
* choice/choices
* choose/chooses/choosing/chose/chosen/unchosen/ choosy
* Christ/Christian/Christians/Christianity/Christendom
* Christmas/Christmases
* church/churches
* city/cities
* claim/claimed/claiming/claims/unclaimed/claimant/ claimants
* class/classed/classes/classing/classless/classlessness/ classy/classier/classiest/classiness/subclass/subclasses
* clean/cleaned/cleaner/cleaners/cleanest/ cleaning/cleanly/cleans/cleanness/cleanliness/unclean/ uncleanliness
* clear/cleared/clearer/clearest/clearing/clearings/ clearly/clearness/clears/unclear/clearance/clearances
* client/clients
* clock/clocks/clocked/clocking/clocker/clockers/ o'clock
* close/closely/closeness/closer/closest
* closes/closed/unclosed/closing
* clothe/clothes/clothed/clothing/unclothe/unclothes/ unclothed/unclothing/clothier/clothiers
* club/clubbed/clubbing/clubs
* coffee/coffees

* cold/ colder/coldest/coldly/coldness/colds/coldish
* colleague/colleagues
* collect/collects/collecting/collected/uncollected/
collective/collectively/collector/collectors/collection/
collections/collectable/collectables/collectivist/collectivists/
collectivism/collectivity
* college/colleges/collegiate
* color/colored/colorful/colorfully/coloring/colorless/
colors/coloured/colourful/colourfully/colouring/colourless/
colours/coloration/colouration
* come/came/comes/coming/comings/comer/comers
* comment/commentaries/commentary/commented/
commenting/comments
* commit/commitment/commitments/commits/
committed/uncommitted
* committee/committees/subcommittee/
subcommittees/committing/committal/committals
* common/commoner/commoners/commonest/
commonly/commonness/commons/uncommon/
uncommonly
* community/communities
* company/companies/co
* compare/comparable/comparably/comparability/
incomparable/compared/compares/comparative/
comparison/comparisons/comparing/comparatively
* complete/completed/uncompleted/completely/
completion/completions/completes/completeness/

completing/incomplete/incompletely

* compute/computation/computational/
computationally/computations/computable/computer/
computed/computerize/computerize/computerizing/
computerizing/computerizes/computerizes/computerized/
computerized/computerization/computerization/
computers/computing

* concern/concerned/concerning/concerns/
unconcerned

* condition/conditional/conditionally/unconditionally/
conditions/unconditional/conditioned/conditioning/
conditioner/conditioners/unconditioned/conditionings

* confer/conference/conferences/conferencing/
conferred/conferring/confers

* consider/consideration/considerations/considered/
unconsidered/considering/considers/reconsider/
reconsiders/reconsidered/reconsidering/reconsideration/
reconsiderations

* consult/consultancy/consultant/consultants/
consultation/consultations/consultative/consulted/consults/
consulting

* contact/contactable/uncontactable/contacted/
contacting/contacts

* continue/continual/continually/continuance/
continued/continuity/continues/continuing/continuous/
continuously/continuation/continuations

* contract/contracted/contracting/contractor/

contractors/contracts

* control/controlled/controller/controllers/controlling/ controls/uncontrollable/uncontrollably/controllable/ uncontrolled

* converse/converses/conversed/conversing/ conversant/conversation/conversations/conversational/ conversationally/conversationalist/conversationalists

* cook/cooks/cooking/cookers/cooker/cooked/ uncooked/cookery/cookeries

* copy/copying/copies/copied/copier/copiers/copyist/ copyists

* corner/corners/cornered/cornering

* correct/corrects/correctly/correcting/corrected/ correctness/correction/corrections/corrective/incorrect/ incorrectly/uncorrected

* cost/costing/costings/costed/costs/costly/costless

* could/couldn

* council/councillor/councillors/cllr/cllrs/councilor/ councils

* count/counted/uncounted/counting/countless/counts/ countable/uncountable

* country/countries

* county/counties

* couple/coupled/uncoupled/coupling/couples

* course/courses

* court/courts/courtly/courted/courting

* cover/covered/covering/coverings/coverage/covers/

uncover/uncovered/uncovers/coverlet/coverlets

* create/created/creates/creating/creation/creations/
creative/creatively/creativity/creator/creators/recreate/
recreated/recreates/recreating

* cross/crossed/crosses/crossing/crossings/crossly/
crossness

* cup/cups/cupping/cupped/cuplike

* current/currents/currently

* cut/cuts/cutting/cuttings/uncut/cutter/cutters

* dad/daddy/dads

* danger/dangerous/dangerously/dangers/endanger/
endangers/endangered/endangering/endangerment/
endangerments

* date/dates/dated/undated/dating/datable

* day/daily/daylight/days/midday/goodday/gidday

* dead/deaden/deadened/deadening/deadens/deadly

* deal/dealer/dealers/dealership/dealerships/dealing/
dealings/deals/dealt/undealt

* dear/dearer/dearest/dearly/dears

* debate/debatable/debated/debates/debating

* decide/decided/decidedly/decides/deciding/
undecided/decider/deciders

* decision/decisions

* deep/deepen/deepens/deepened/deeper/deepest/
deeply/depth/depths/deepening

* definite/definitely/definitive/definitively/indefinite/
indefinitely
* degree/degrees/deg
* department/departments/departmental/
departmentally/dept/depts
* depend/depends/depended/depending/dependant/
dependants/dependent/dependents/dependable/
undependable/dependably
* describe/described/describes/indescribable/
indescribably/describing/description/descriptions/
descriptive
* design/designed/designer/designers/designing/
designs
* detail/detailed/detailing/details
* develop/developed/developer/developers/
developing/development/developments/developmental/
developmentally/develops/underdeveloped/
underdevelopment/undeveloped/redevelop/redevelops/
redeveloped/redeveloping/redevelopment/redevelopments
* die/died/dies/dying/undying
* difference/differences/different/differently
* difficult/difficulties/difficulty
* dinner/dinners
* direct/directed/undirected/directing/directly/director/
directors/directorship/directorships/directs/indirect/
indirectly/directness/directnesses
* discuss/discussing/discusses/discussed/undiscussed/

discussion/discussions
   * district/districts
   * divide/divided/divides/dividing/undivided/division/
divisions/divider/dividers
   * do/did/didn/does/doesn/doing/doings/don/done/
doer/doers
   * doctor/doctors/dr/doc/docs/doctoral
   * document/documentation/documented/
undocumented/documenting/documents
   * dog/dogs/doggy/doggies
   * door/doors/indoors/indoor/outdoors/outdoor
   * double/doubled/doubles/doubling/doubly/
redoubled/redoubles/redoubling/redouble
   * doubt/doubted/doubtful/doubtfully/doubter/
doubters/doubting/doubtless/undoubted/undoubtedly/
doubts
   * down/downs/downed/downing/downings/
downward/downwards
   * draw/drawing/drawings/drawn/undrawn/draws/
drew/redraw/redraws/redrawing/redrew/redrawn
   * dress/dressed/dresses/dressing/undressed/undress/
undresses/undressing
   * drink/drinks/drinker/drinkers/drank/drunk/undrunk/
drinking
   * drive/driven/undriven/driver/drivers/drives/
driveway/driving/drove
   * drop/dropped/dropping/droppings/drops/droplet/

droplets

* dry/dried/dries/driest/dryer/drying/dryly/drily/
dryness/drier/driers
* due/duly/undue/unduly/dues
* during

E

* each/early/earlier/earliest/earliness
* east/eastward/eastwards/easterly/easterlies
* easy/easier/easiest/easily/easiness
* eat/ate/eaten/uneaten/eating/eats/eater/eaters
* economy/economic/economical/economically/
economics/economies/economist/economists/uneconomic/
uneconomical/uneconomically/economise/economises/
economised/economising/economize/economizes/
economized/economizing
* educate/educating/educates/educated/educative/
miseducated/educator/educators/uneducated/education/
educationist/educationists/educational/educationally/
educationalist/educationalists
* effect/effected/effecting/effective/effectively/
effectiveness/effects/ineffective/ineffectively/
ineffectiveness/ineffectivenesses/effector/effectors
* egg/eggs
* eight/eighteen/eighteenth/eighth/eighths/eighties/
eightieth/eighty/eights
* either/elect/elected/unelected/electing/election/

elections/elects/elector/electors/electoral/electorally

* electric/electricity/electricians/electrician/electrical/
electrically/electrics

* eleven/elevens/eleventh

* else/elsewhere

* employ/employed/employee/employees/employer/
employers/employing/employment/employs/employable/
unemployed/unemployable/unemployment

* encourage/encouragingly/encouraging/encourages/
encouraged/encouragement

* end/ended/unended/ending/endings/endless/
endlessly/ends/unending

* engine/engines/engineer/engineering/engineers/
engineered

* english/englishman/englishmen/englishwoman/
englishwomen/englishes/england/englander/englanders/
englishness

* enjoy/enjoyed/enjoying/enjoyment/enjoys/
enjoyable/unenjoyable

* enough/enter/entered/unentered/entering/enters/
entrance/entrances/entries/entry

* environment/environmental/environmentalist/
environmentalists/environmentally/environments/
environmentalism

* equal/equaled/equaling/equality/equalled/
equalling/equally/equals/inequality/inequalities/unequal/
unequalled/equalise/equalised/equalises/equalisation/

equalize/equalized/equalizes/equalization/equaliser/
equalisers/equalizer/equalizers
   * especial/especially
   * Europe/European/Europeans
   * even/evenly/uneven/unevenly
   * evening/evenings
   * ever/every/everybody/everyday/everyone/
everything/everywhere
   * evidence/evidenced/evidential
   * exact/exactly/exactness
   * example/examples
   * except/exception/exceptional/exceptionally/
exceptions/excepting
   * excuse/excusing/excuses/excused/excusable/
inexcusable
   * exercise/exercised/exercises/exercising/exercisable
   * exist/existed/existence/existing/exists/existent/
nonexistent
   * expect/expectancy/expectation/expectations/
expected/expectedly/expecting/expects/unexpected/
unexpectedly/expectant/expectantly
   * expense/expenses/expensive/expensively/
inexpensive/inexpensiveness/inexpensively
   * experience/experienced/experiences/experiencing/
inexperienced/inexperience/experiential/experientially
   * explain/explained/unexplained/explaining/explains/
explanation/explanatory/explanations

* express/expressed/unexpressed/expresses/
expressing/expression/expressions/expressionless/
expressionlessly/expressive/expressively/expressiveness/
expressly
* extra/extras
* eye/eyes/eyed/eyeing/eyeful

F

* face/faced/faces/facing/faceless/facial/facially
* fact/facts/factual/factually
* fair/fairer/fairest/fairly/fairness/unfairness/unfair/
unfairly
* fall/fallen/falling/falls/fell
* family/families/familial
* far/farther/farthest/faraway
* farm/farmer/farmers/farms/farming/farmed/
unfarmed
* fast/faster/fastest
* father/fathers/fatherly/fatherhood
* favour/favor/favors/favorite/favorites/favourite/
favourable/favourably/favoured/unfavoured/favorable/
favorably/favored/unfavored/favouring/favoring/
favourites/favours/unfavourable/unfavourably/
favouritism/favoritism
* feed/fed/feeding/feeds/unfed/feeder/feeders
* feel/feeling/feelings/unfeeling/feels/felt
* few/fewer/fewest

* field/fields/fielded/fielding/fielder/fielders/
midfielder/midfielders
* fight/fighter/fighters/fighting/fought/fights
* figure/figures/figured/figuring/figurings/figural/fig/
figs
* file/filed/unfiled/files/filing
* fill/filled/unfilled/filling/fillings/fills/filler/fillers/refill/
refilled/refilling/refills/refillable
* film/films/filming/filmed
* final/finalise/finalised/finalist/finalists/semifinalist/
semifinalists/finalises/finalising/finalize/finalized/finalizes/
finalizing/finality/finally/finals
* finance/financed/unfinanced/finances/financial/
financially/financier/financiers/financing
* find/finding/findings/finds/found/unfound/finder/
finders
* fine/finely/fineness/finer/finest/finery
* finish/finished/finishes/finishing/unfinished/finisher/
finishers
* fire/fires/fired/firing/misfire/misfires/misfired/
misfiring
* first/firsts/firstly
* fish/fished/fishes/fishing/fisherman/fishermen/fishy/
fishery/fisheries/fishier/fishiest/fishiness/fishily
* fit/fitness/fits/fitted/fitter/fittest/fitting/fittings/
fittingly/unfit
* five/fives/fifteen/fifteenth/fifth/fifths/fifthly/fifties/

fiftieth/fifty

* flat/flattest/flatten/flattens/flattened/flattening/
flattish/flatness/flatly

* floor/floors/flooring/floorings/floored

* fly/flew/flown/unflown/flying/flies/flyer/flyers/flier/
fliers

* follow/followed/unfollowed/follower/followers/
following/ff/follows

* food/foods

* foot/feet/footed/football/footballing/footballs/
footballer/footballers/ft

* for/fer

* force/forced/unforced/forcible/forcibly/forces/
forcing/forceful/forcefully

* forget/forgets/forgetting/forgot/forgotten/
unforgotten/unforgettable/forgetful/forgetfulness/
forgetfully

* form/formation/formations/formed/forming/forms/
formless/formlessness

* fortune/fortunate/fortunately/fortunes/unfortunately/
unfortunate

* forward/forwards/forwarding/forwarded/forwarder/
forwarders

* four/fours/forties/forty/fortyish/fourteen/fourteenth/
fourth/fourthly/fortieth/th

* france/french/frenchman/frenchmen/frenchwoman/
frenchwomen

* free/freed/unfreed/freedom/freedoms/freeing/ freely/freer/freest
* Friday/Fri/Fridays
* friend/friendly/unfriendly/friends/friendship/ friendships/friendliness
* from/front/fronts/fronting/fronted/frontage/ frontages
* full/fuller/fullest/fullness/fully
* fun/funny/funnily/funniest/funnier
* function/functional/functionally/functioned/ functioning/functions/functionalist/functionalists/ functionalism/functionality/functionalities
* fund/funded/unfunded/funder/funders/funding/ funds
* further/furthest/furthering/furthers/furthered/ furtherance
* future/futures/futuristic/futuristically

* game/games/gaming
* garden/gardener/gardeners/gardens/gardening/ gardened
* gas/gases/gaseous/gasoline
* general/generally/generalise/generalisable/ generalised/generalisation/generalisations/generality/ generalities/generalization/generalizations/generalize/ generalizes/generalized/generalizing/generalises/

generalising/generalist/generalists

   * germany/german/germans/germanic

   * get/gets/getting/got/gotten/gotta/gotcha

   * girl/girls/gal/gals/girlish/girlishness/girlishly/girly/
girlie/girlies

   * give/gave/given/gives/giving/giver/givers/gimme

   * glass/glasses/glassy/glassier/glassiest/glassiness/
glassily

   * go/goes/going/goings/goin/gone/went/gonna/
gunna

   * god/gods/goddess/godless/godly/godliness/godlike

   * good/goodness/goodly/goody/goodies

   * goodbye/goodbyes/bye

   * govern/govt/governs/governor/governors/
governing/governed/government/governments/
governmental/governorship/intergovernmental/gov.

   * grand/grandsons/grandson/grandparents/
grandparent/grandpa/grandpas/grandmother/
grandmothers/grandma/grandmas/grandfather/
grandfathers/granddaughters/granddaughter/
grandchildren/grandchild/gran/grans/granddad/
granddads

   * grant/granted/granting/grants

   * great/greater/greatest/greatly/greatness

   * green/greener/greenest/greenness/greenish/greeny/
greens/greening

   * ground/grounded/grounds/grounding/groundless

* group/grouped/grouping/groupings/groups/
subgroup/subgroups
* grow/grew/growing/grown/grows/growth/growths/
grower/growers
* guess/guessing/guesses/guessed/guessable/
unguessable
* guy/guys

H

* hair/hairy/hairs/haired
* half/halves/halfway
* hall/halls
* hand/handed/handedness/handful/handfuls/
handing/hands/handwriting/handwritten
* hang/hanged/hanging/hangings/hangs/hung/
unhung/hanger/hangers
* happen/happened/happening/happenings/happens
* happy/happier/happiest/happily/happiness/
unhappy/unhappily/unhappiness/unhappier/unhappiest
* hard/harden/hardened/hardening/hardens/harder/
hardest/hardness/hardship/hardships/hardworking
* hate/hatred/hatreds/hating/hates/hated/hateful/
hatefully/hatefulness
* have/had/hadn/hasn/has/haven/haves/having/ve/
hath
* he/him/himself/his
* head/headed/heading/headings/heads/headless/

headship

* health/healthier/healthiest/healthily/healthy/
unhealthy/unhealthiest

* hear/heard/hearer/hearing/hearings/hears/unheard

* heart/hearts/heartfelt/hearten/heartened/heartens/
heartening/heartless/heartlessness/heartlessly/hearted/
disheartening/disheartened/disheartens

* heat/heated/unheated/heating/heats/heater/
heaters/reheat/reheated/reheating/reheats/preheat/
preheats/preheated/preheating

* heavy/heavier/heaviest/heavily/heaviness/heavies

* hell/hells

* help/helped/helpful/helpfully/unhelpful/helpfulness/
unhelpfully/helping/helpless/helplessly/helplessness/
helps/helper/helpers

* here/high/higher/highest/highly/highs/highway/
highways

* history/historian/historians/historic/historical/
historically/histories/historicist/historicists/historicism/
historicity

* hit/hitting/hitter/hits/unhit

* hold/held/unheld/holder/holders/holding/holdings/
holds

* holiday/holidays/holidaying/holidayed/holidayer/
holidayers

* home/homeless/homelessness/homes

* honest/honesty/honestly/dishonest/dishonesty/

dishonestly

* hope/hoped/hopeful/hopefuls/hopefully/
hopefulness/hopeless/hopelessly/hopelessness/hopes/
hoping

* horse/horses/unhorsed

* hospital/hospitals/hospitalise/hospitalises/
hospitalised/hospitalising/hospitalisation/hospitalize/
hospitalizes/hospitalized/hospitalizing/hospitalization

* hot/hotly/hotness/hotter/hottest

* hour/hourly/hours/hr/hrs

* house/housed/housing/houses

* how/* however/hullo/hello/hey/hi/hallo

* hundred/hundreds/hundredth

* husband/husbands

* I/me/mine/my/myself/meself

* idea/ideas

* identify/identifiable/identification/identifications/
identified/unidentified/identifies/identifying/identities/
identity/unidentifiable/identifier/identifiers

* if/ifs

* imagine/imagining/imagines/imagined/unimagined/
imagination/imaginations/imaginative/imaginatively/
imaginary/imaginable/unimaginable/unimaginably/
imaginably/unimaginative/unimaginatively

* important/unimportant/importantly

* improve/improving/improves/improved/unimproved/
improvement/improvements
* in/inner
* include/included/includes/including/incl/inclusive/
inclusion
* income/incomes
* increase/increased/increases/increasing/increasingly
* indeed/individual/individualised/individuality/
individualism/individualist/individualists/individualistic/
individually/individuals
* industry/industrial/industrialist/industrialists/
industrialise/industrialisation/industrialised/industrialising/
industrialises/industrialize/industrialization/industrialized/
industrializing/industrializes/industrially/industries
* inform/informs/informing/informed/informer/
informers/information/informational/info/informant/
informants/uninformed
* inside/insides/insider/insiders
* instead/insure/insuring/insures/insured/insurance/
insurer/insurers/insurable/uninsurable/reinsure/
reinsuring/reinsures/reinsured/reinsurance/interest/
interested/interesting/interests/uninterested/uninteresting/
interestingly/into/introduce/introduced/introduces/
introducing/introduction/introductions/introductory/
intro/intros/reintroduce/reintroduces/reintroduced/
reintroducing/reintroduction/reintroductions/invest/
invested/investing/investment/investments/investor/

investors/invests/reinvest/reinvested/reinvesting/
reinvestment/reinvests
  * involve/involved/involvement/involves/involving/
uninvolved
  * issue/issued/issues/issuing/issuer/issuers/issuance
  * it/its/itself
  * item/itemisation/itemise/itemised/itemises/itemising/
items/itemization/itemize/itemized/itemizes/itemizing

  * jesus/job/jobs/jobless
  * join/joined/joining/joins
  * judge/judged/judges/judging/judgment/judgments/
judgement/judgements/judgemental/misjudge/misjudges/
misjudged/misjudging/misjudgement/misjudgements/
prejudge/prejudges/prejudged/prejudging/prejudgement/
prejudgements
  * jump/jumps/jumping/jumped/jumpy
  * just/justly/unjust/unjustly

  * keep/keeper/keepers/keeping/keeps/kept
  * key/keys/keyed/keying
  * kid/kids
  * kill/kills/killed/killer/killers/killing/killings
  * kind/unkind/kindly/unkindly/kindness/kinds/kinda/
kinder/kindest

* king/kings/kingdom/kingdoms
* kitchen/kitchens/kitchenette/kitchenettes
* knock/knocks/knocking/knocked/knocker/knockers
* know/knew/knowing/knowingly/known/knows/ unknown/unknowing/unknowingly/unknowable

* labour/labor/laboured/labouring/labours/labored/ laboring/labors/labourer/labourers/laborer/laborers
* lad/lads
* lady/ladies/ladylike/unladylike/ladyship/ladyships
* land/landed/landing/landings/lands/landless
* language/languages
* large/largely/larger/largest
* last/lasted/lasting/lasts/lastly
* late/lately/lateness/later/latest
* laugh/laughs/laughing/laughed/laughable
* law/laws/lawyer/lawyers/lawful/lawfully/unlawful/ lawless/lawlessness/unlawfully/lawmaker/lawmakers
* lay/laid/laying/lays/lain
* lead/leader/leaders/leadership/leading/leads/ mislead/misleading/misleadingly/misled/led
* learn/learned/learner/learners/learning/learns/ learnt
* leave/leaves/leaving/leaver/leavers
* left/lefts/leftist/leftists/lefthand/lefthanded/ lefthander/lefthanders

* leg/legs/legged/legging/leggings/leggy
* less/lessen/lessened/lessening/lesser/least
* let/lets/letting/lemme
* letter/letters
* level/levelled/leveller/levelling/leveled/leveler/
leveling/levels/levelly
* lie/liar/liars/lied/lies/lying
* life/lifetime/lifetimes/lifelike/lifesize/lifelong/lifeless/
lifelessly
* light/lighted/lighten/lightened/lightens/lightening/
lighter/lightest/lighting/lightly/lightness/lights/lightweight/
lit/unlit
* like/liked/likes/liking/dislike/dislikes/disliked/
disliking/likeable/likeably
* likely/likelier/likeliest/likelihood/unlikely
* limit/limitation/limitations/limited/limiting/limits/
unlimited/limitless/limitlessly
* line/lines/lined/lining
* link/linkage/linkages/linked/unlinked/linking/links/
linker/linkers
* list/unlisted/lists/listed/listing
* listen/listened/listener/listeners/listening/listens
* little/littler/littlest
* live/lived/liveliest/lively/liveliness/livelier/lives/living
* load/unload/unloads/unloading/unloaded/loads/
loading/loaded
* local/locally/locals/localise/localize/localised/

localized/localises/localizes/localising/localizing/
localization/localisation/localism
* lock/unlocks/unlocking/unlocked/unlock/locks/
locking/locked
* london/londoner/londoners
* long/longer/longest/longish
* look/looked/looking/lookin/looks
* lord/lords/lordship/lordships/lordly/lorded/lording
* lose/loser/losers/loses/losing/lost
* lot/lots
* love/loved/unloved/loveless/lovely/lovelier/loveliest/
loveliness/loves/loving/lovingly/lovable/lover/lovers/luv/
luvs/lovey/loveys
* low/lows/lowly/lowlier/lowliest/lower/lowered/
lowest/lowering/lowers
* luck/lucky/luckily/luckiest/luckier/luckless/unlucky/
unluckily/unluckiest/unluckier
* lunch/lunches

M

* machine/machinery/machines/machinist/machinists
* main/mains/mainly
* major/majorities/majority/majors/maj.
* make/made/unmade/maker/makers/makes/
making/makings/remake/remakes/remaking/remade
* man/mankind/men/mens/manly/manhood/
manliness/mans/manning/manned/unmanned

* manage/managing/manages/managers/manager/
manageress/manageresses/managed/management/
managements/mismanage/mismanaged/mismanages/
mismanaging/mismanagement/manageable/
unmanageable
* many/mark/marked/markedly/unmarked/marker/
markers/marking/markings/marks
* market/marketed/marketing/markets/nonmarket/
marketable/marketer/marketers/marketeer/marketeers
* marry/marriage/marriages/married/marries/
marrying/unmarried/remarry/remarries/remarried/
remarrying/remarriage
* match/matching/matches/matched/unmatched/
mismatch/mismatched/mismatches/mismatching
* matter/mattered/mattering/matters
* may/maybe/mean/meaner/meanest/meanly/
meanness
* meaning/meaningful/meaningfulness/meaningfully/
meaningless/meanings/means/meant
* measure/measured/measurement/measurements/
measures/measurable/measurably/immeasurably/
measuring
* meet/meeting/meetings/meets/met/unmet
* member/members/membership/memberships
* mention/mentioned/mentioning/mentions/
unmentioned
* middle/middles/middling

* might/mightn
* mile/miles
* milk/milky/milked/milks/milking
* million/millions/millionth
* mind/minded/mindless/mindlessness/mindful/
mindfulness/minding/minds/minder/minders
* minister/ministers/ministerial/ministering/ministered
* minus/minute/minutes/min/mins
* miss/missed/unmissed/misses/missing
* mister/Mr.
* moment/momentary/momentarily/moments
* Monday/Mon./mondays
* money/moneys/monies
* month/monthly/months
* more/morning/mornin/mornings
* most/mostly
* mother/mothers/motherhood/mothered/mothering/
motherly/mum/mom/mummy/mums/mam/mams/
mammy/mammies/mommy/mommies
* motion/motions/motioning/motioned/motionless
* move/moved/movement/moves/moving/movements/
unmoving/unmoved/movable/moveable/unmovable/
unmoveable/immovable/immoveable/mover/movers
* Mrs./missus/missuses
* much/music/musical/musicals/musician/musicians/
musically/musique
* must/mustn't

* name/named/unnamed/names/naming/namely/
nameless
* nation/national/nationals/nationally/nationwide/
nations/nationalism/nationalisms/nationalisations/
nationalist/nationalists/nationalistic/nationalistically/
nationalise/nationalised/nationalising/nationalisation/
nationalize/nationalized/nationalizing/nationalization/
nationhood/nationhoods
* nature/natural/unnatural/unnaturally/naturally/
natures/naturalistic/naturalistically/naturalness/naturalist/
naturalists/naturalism
* near/nearby/nearer/nearest/nearly/nearness/nears/
nearing/neared/nearside
* necessary/necessarily/unnecessarily/unnecessary
* need/needed/unneeded/needing/needless/needs/
needn/needlessly
* never/new/newer/newest/newly/newness/renew/
renewed/renews/renewing/renewable/renewal/renewals
* news/newsy
* next/nice/nicest/nicer/niceness/nicely
* night/nightly/nights/goodnight/midnight
* nine/nines/nineteen/nineteenth/nineties/ninetieth/
ninety/ninth
* no/nobody/noone/nothing/nothingness/nowhere/
nope

* non/none/normal/normalisation/normalise/
normalised/normalises/normalising/normalization/
normalize/normalized/normalizes/normalizing/normality/
normally
* north/northerly/northerlies/northwest/nw/
northwestern/northwesterner/northwesterners/northeast/
ne/northeastern/northeasterner/northeasterners/
northwards/northward
* not/n't/nt
* note/notable/notes/noting/notably/noted
* notice/noticeable/noticeably/noticed/unnoticed/
notices/noticing
* now/nowadays
* number/numbered/unnumbered/numberless/
numbering/numbers/nos.

O

* obvious/obviously
* occasion/occasional/occasionally/occasions
* odd/odds/odder/oddest/oddness/oddly/oddity/
oddities
* of/off/orf
* offer/offered/offering/offerings/offers/offerer/
offerers/offerors/offeror
* office/officer/officers/offices
* often/oft.
* okay/ok

* old/older/oldest/oldish/oldy/oldies/olden
* on/onto
* once/one/ones/oneness
* only/open/opening/openings/openly/openness/ opens/opened/unopened/opener/openers
* operate/operated/operates/operating/operation/ operations/operator/operators/operational/operationally/ operative/operatives
* opportunity/opportunities
* oppose/opposing/opposes/opposed/opposition/ oppositional/unopposed
* or/order/ordered/ordering/orderly/orderliness/ orderlies/orders/unordered/reorder/reordered/ reordering/reorders
* organize/organisation/organisations/organise/ organised/disorganised/disorganized/unorganised/ organises/organising/organization/organizations/ organized/organizes/organizing/organisational/ organisationally/organiser/organisers/organizer/ organizers/organizational/organizationally/reorganise/ reorganises/reorganised/reorganising/reorganisation/ reorganisations/reorganize/reorganizes/reorganized/ reorganizing/reorganization/reorganizations
* original/originally/originality/unoriginal/originals
* other/others/otherness
* otherwise/ought/oughtn't
* out/outer/outside/outsider/outsiders/outward/

outwardly/outwards/outs/outta

* over/overly
* own/owned/owner/owners/ownership/owning/owns

P

* pack/packs/packing/packed/package/packages/ packaging/packaged/packer/packers/unpack/unpacking/ unpacked/unpacks
* page/pages/pp.
* paint/painted/painter/painters/painting/paintings/ paints/unpainted
* pair/pairs/pairing/paired/unpaired
* paper/papers/papered/papering
* paragraph/paragraphing/paragraphs/para/paras
* pardon/pardons/pardoned/pardoning/pardonable/ unpardonable
* parent/parents/parental/parentage/parented/ parenting
* park/parks/parking/parked
* part/parted/parting/partly/parts/partial/partially/pt./ pts.
* particular/particulars/particularly/particularity/ particularities
* party/parties
* pass/passed/passes/passing/passable/passably/ impassable/impassably/passer/passers
* past/pay/paid/paying/payment/payments/pays/

unpaid/payer/payers/payable

    * pence/pension/pensions/pensioner/pensioners/
pensioned/pensioning/pensionable

    * people/peoples

    * per/percent/percentage/percentages

    * perfect/perfected/perfecting/perfectly/perfects/
perfection/imperfect/imperfectly/imperfection/
imperfections/perfectionist/perfectionists

    * perhaps/period/periodic/periods/periodical/
periodically/periodicals

    * person/personal/personally/persons

    * photograph/photography/photographs/
photographing/photographers/photographer/
photographed/photographic/photographically/photo/
photos

    * pick/picks/picking/pickers/picker/picked/unpicked

    * picture/pictured/pictures/picturing/pic/pics

    * piece/pieces

    * place/placed/places/placing/placement/placements

    * plan/planned/planner/planners/planning/plans/
unplanned

    * play/played/player/players/playing/plays/replay/
replays/replaying/replayed/playable/unplayable/playful/
playfulness/playfully

    * please/pleasant/pleasantly/pleasantness/
pleased/pleases/pleasing/unpleasant/unpleasantly/
unpleasantness/unpleasantnesses/pleasantry/pleasantries/

displease/displeased/displeasing

* plus/pluses

* point/pointed/pointedly/pointing/pointless/
pointlessly/points/pointer/pointers/midpoint/midpoints

* police/policing/policewoman/policewomen/polices/
policemen/policeman/policed

* policy/policies

* politic/politics/political/unpolitical/politically/
nonpolitical/politicize/politicizes/politicized/politicizing/
politicization/politicise/politicises/politicised/politicising/
politicisation/politician/politicians

* poor/poorer/poorest/poorly/poorness

* position/positions/positioning/positioned/positional/
reposition/repositions/repositioning/repositioned

* positive/positives/positively/positivist/positivists/
positivism/positivity

* possible/possibles/possibilities/possibility/possibly/
impossibility/impossible/impossibly

* post/posted/poster/posters/posting/posts/postal/
postage/postages

* pound/pounds

* power/powered/powerful/powerfully/powers/
powerless/powerlessly/powerlessness

* practise/practises/practised/practising/practice/
practices/practicing/practiced

* prepare/preparation/preparations/prepared/
prepares/preparing/unprepared/preparatory/prep/

preparedness

* present/presenter/presenters/presentation/
presentations/presentational/presented/presenting/
presents/presentable/unpresentable/presentably

* press/pressed/unpressed/presses/pressing

* pressure/pressured/pressures/pressuring/pressurise/
pressurize/pressurised/pressurized/pressurising/
pressurizing/pressurisation/pressurization

* presume/presumably/presumed/presumes/
presuming/presumption/presumptions

* pretty/prettier/prettiest/prettily/prettiness

* previous/previously

* price/priced/prices/pricing/priceless/pricey

* print/printed/printer/printers/printing/prints/
printable/reprint/reprints/reprinting/reprinted

* private/privately

* probable/probably/probability/probabilities/
probabilistic/probabilistically/improbable/improbably/
improbability/improbabilities

* problem/problems/problematic

* proceed/procedural/procedure/procedures/
proceeded/proceeding/proceedings/proceeds

* process/processed/processes/processing/
unprocessed/reprocess/reprocesses/reprocessed/
reprocessing/reprocessings/processor/processors/
processer/processers

* produce/produced/producer/producers/produces/

producing

* product/products/production/productions/productive/
productively/unproductive/productivity

* programme/program/programmed/programmes/
programming/programs/programed/programing/
programmer/programmers/programmable

* project/projected/projecting/projection/projections/
projects/projective

* proper/properly/improper/improperly

* propose/proposal/proposals/proposed/proposes/
proposing/proposer/proposers

* protect/protected/protecting/protection/protections/
protectionism/protectionist/protectionists/protective/
protects/unprotected/protector/protectorate/protectorates/
protectors/protectively/protectiveness

* provide/provided/provides/providing/provider/
providers

* public/publicity/publicly

* pull/pulled/pulling/pulls

* purpose/purposes/purposely/purposeful/
purposefully/purposefulness/purposeless/purposelessness/
purposive

* push/pushing/pushes/pushed/pushy/pusher/pushers

* put/puts/putting

* quality/qualities

* quarter/quarterly/quarters

* question/questions/questioned/questioning/
questioningly/questionable/questionably/unquestionably/
questioner/questioners/unquestioned/unquestioning/
unquestionable/unquestionability

* quick/quickness/quickly/quickest/quicker

* quid/quids

* quiet/quieter/quietest/quietly/quietness/quieten/
quietens/quietened/quietening

* quite

R

* radio/radios/radioed

* rail/railways/railway/rails/railroads/railroad/
railwayman

* raise/raised/raises/raising/raiser/raisers

* range/ranged/ranges/ranging

* rate/rated/rates/rating/ratings/rateable

* rather/read/reader/readers/reading/readings/
reads/misread/misreads/misreading/readability/readable/
unreadable/reread/rereads/rereading/unread

* ready/readily/readiness/unready

* real/unreal/unrealistic/unrealistically/unreality/
realistic/realistically/reality/realities/realist/realists/
realism/realisms

* realise/realize/realization/realizations/realized/
unrealised/unrealized/realizes/realizing/realisation/

realisations/realised/realising/realises/realisable/
realizable
　* really/reason/reasonable/unreasonable/
reasonableness/unreasonableness/reasonably/
unreasonably/reasoned/reasoning/reasons
　* receive/received/receives/receiving/receivable
　* recent/recently
　* reckon/reckoned/reckoning/reckons
　* recognize/recognise/recognised/recognises/
recognising/recognition/recognized/recognizes/
recognizing/recognisable/unrecognisable/unrecognizable/
recognisably/unrecognised/unrecognized/recognizable/
recognizably
　* recommend/recommends/recommending/
recommended/recommendation/recommendations
　* record/recorded/unrecorded/recording/recordings/
records/recorder/recorders
　* red/redder/reddest/redness/redden/reddened/
reddening/reddens/reddish/reddy/Reds
　* reduce/reduced/reduces/reducing/reduction/
reductionist/reductionists/reductionism/reductions/
reducible
　* refer/refers/referring/referred/referral/referrals/
referent/referents/reference/references/referential
　* regard/disregard/disregarded/disregarding/
disregards/regarded/regarding/regardless/regards
　* region/regional/regionalist/regionalists/regionalism/

regionally/regions

* relation/relate/related/relates/relating/relations/ relationship/relationships/unrelated/relational

* remember/remembered/remembering/remembers/ remembrance

* report/reported/unreported/reportedly/reporter/ reporters/reporting/reports

* represent/representative/representatives/rep/reps/ represented/unrepresented/representing/represents/ representation/representations/representational/ unrepresentative/representativeness

* require/required/requirement/requirements/ requires/requiring

* research/researched/researcher/researchers/ researches/researching

* resource/resourced/resourceful/resources/ resourcing/unresourceful/underresourced

* respect/respected/respecting/respects/respectful/ respectable/respectfully

* responsible/irresponsible/responsibility/ responsibilities/responsibly/irresponsibly

* rest/rested/resting/restful/restfully/restfulness/ restless/restlessly/restlessness/rests

* result/resulted/resulting/results/resultant

* return/returned/unreturned/returning/returns/ returner/returners/returnee/returnees/returnable

* rid/ridding/rids

* right/rightful/rightfully/rightist/rightists/rightly/rights/rightness/rt

* ring/rang/ringed/ringing/rings/rung

* rise/rises/rising/rose/risen/riser/risers

* road/roads/roadside/rd.

* role/roles

* roll/rolled/rolling/rolls/roller/rollers/unroll/unrolled/unrolling/unrolls

* room/rooms/classroom/classrooms/roomy/roomier/roomiest

* round/rounded/rounding/rounder/roundest/roundly/roundness/rounds/rounders

* rule/ruled/unruled/ruler/rulers/rules/ruling/rulings

* run/ran/runner/runners/running/runs/runny/runnier/runniest

S

* safe/safely/safeness/safer/safest/safety/unsafe

* sale/sales/saleable/unsaleable

* same/sameness

* saturday/Saturdays

* save/saved/unsaved/saves/saving/savings/saver/savers

* say/said/unsaid/saying/sayings/says

* scheme/schematic/schematically/schemed/schemes/scheming

* school/schooling/schools/schooled/preschool/

preschools/preschooling/preschooled/preschooler/
preschoolers

   * science/sciences/scientific/scientist/scientists/
scientifically/unscientifically/unscientific

   * score/scored/scoring/scores/scorer/scorers

   * scotland/scotch/scot/scots/scottish

   * seat/seated/seating/seats/seater/seaters/unseated/
unseats/unseating/unseat

   * second/secondary/secondarily/secondly/seconder/
seconders/secondee

   * secretary/secretaries/secretarial

   * section/sectional/sectioned/sectioning/sections/
subsection/subsections

   * secure/insecure/insecurities/insecurity/secured/
securely/secures/securing/securities/security/unsecured

   * see/saw/seeing/unseeing/seen/sees/unseen/seer/
seers

   * seem/seemed/seeming/seemingly/seems

   * self/selfishness/selfishly/selfish/selves/selfless/
selflessness/selflessly/unselfish/unselfishness/unselfishly

   * sell/seller/sellers/selling/sells/sold/unsold/resell/
reselling/resold/reseller/resellers

   * send/sender/senders/sending/sends/sent/unsent

   * sense/senseless/senselessness/senses/sensing/
sensings/sensed

   * separate/separated/separately/separates/
separating/separation/separations/separatist/separatists/

inseparable/separateness/separatenesses/separatism/
separable/separably/inseparably

 * serious/seriously/seriousness

 * serve/servant/servants/served/unserved/serves/
serving/servings/server/servers/servery

 * service/services/serviced/unserviced/servicing

 * set/sets/setting/settings/unset

 * settle/settled/settlement/settlements/settler/settlers/
settles/settling/settlor/settlors/resettle/resettled/resettlement/
resettlements/resettler/resettlers/resettles/resettling

 * seven/seventeen/seventeenth/seventh/seventies/
seventieth/seventy

 * sex/sexes/sexism/sexual/sexuality/sexually/sexy/
sexier/sexiest/sexiness/sexily/sexist/sexists

 * shall/shan/shalt

 * share/shared/unshared/shares/sharing

 * she/her/hers/herself

 * sheet/sheets

 * shoe/shoed/shoeing/shoes/shoeless

 * shoot/shooting/shootings/shoots/shot/shots/shooter/
shooters

 * shop/shops/shopping/shoppers/shopper/shopped

 * short/shortage/shortages/shorten/shortened/
shortening/shortens/shorter/shortest/shortly/shortness

 * should/shouldn't

 * show/showed/showing/shown/shows

 * shut/shutting/shuts

* sick/sickness/sickly/sickest/sicker/sicken/sickened/
sickens/sickening/sickeningly
* side/sides/sided/siding
* sign/signed/signing/signs/unsigned/signer/signers
* similar/dissimilar/similarities/dissimilarity/
dissimilarities/similarity/similarly
* simple/simpleness/simpler/simplest/simplicity/
simplification/simplified/simplify/simplifies/simplifying/
simply
* since/sing/sings/sang/sung/unsung/singer/singers/
singing
* single/singled/singly/singleness/singling/singles
* sir/sister/sisters/sisterly
* sit/sat/sits/sitting/sittings/sitter/sitters
* site/sited/siting/sites
* situate/situation/situational/situationally/situations/
situated/situating
* six/sixes/sixteen/sixteenth/sixteenths/sixth/sixthly/
sixths/sixties/sixtieth/sixtieths/sixty
* size/sizes/sizing/sized/sizable
* sleep/sleeping/sleeps/sleepy/sleepiness/slept/
sleepless/sleeper/sleepers/sleepily
* slight/slighter/slightest/slighting/slights/slighted/
slightly
* slow/slowed/slower/slowest/slowing/slowly/slowness/
slows
* small/smaller/smallest/smallness/smallish

* smoke/smoked/smokes/smoking/smokeless/ smoker/smokers/smokefree/nonsmoking/smoky/smokier/ smokiest/smokiness/smokey
* so/social/socially/antisocial
* society/societies/societal
* some/somebody/somehow/someone/something/ somethin/sometime/sometimes/somewhere
* son/sons/sonny
* soon/sooner/soonest
* sorry/sorriness/sorriest/sorrier
* sort/sorted/unsorted/sorting/sorts
* sound/sounds/sounded/sounding/soundless/ soundlessly
* south/southeast/Se/southeastern/southeasterners/ southward/southwards/southwest/Sw./southwestern/ southwesterner/southwesterners/southerly/southerlies
* space/spaced/unspaced/spaces/spacing/spacious/ spaciousness/spaciously
* speak/speaker/speakers/speaking/speaks/spoke/ spoken/unspoken/unspeaking/unspeakable
* special/specials/specially/specialist/speciality/ specialty/specialities/specialists/specialize/specialization/ specialized/specializations/specialise/specialises/ specialised/specialising/specialisation/specializes/ specializing/specialism/specialisms
* specific/specifically/specification/specifications/ specificity/specifics

* speed/sped/speeded/speeding/speeds/speedy/
speedily/highspeed
* spell/spelt/spells/spelling/spellings/spelled/misspelt
* spend/spending/spends/spent/unspent/spender/
spenders
* square/squarely/squareness/squarer/squares/
squarest/squared/squaring/sq.
* staff/staffed/staffing/staffs/staffer/staffers
* stage/staging/staged/stages
* stairs/stair/upstairs/downstairs
* stand/standing/stands/stood
* standard/standards/standardise/standardised/
unstandardised/standardising/standardisation/
standardize/standardized/unstandardized/standardizing/
standardization/substandard
* start/started/starting/starts/starter/starters/restart/
restarts/restarted/restarting
* state/stated/unstated/statement/statements/stating
* station/stations/stationed/stationing
* stay/stayed/staying/stays/stayer
* step/stepped/stepping/steps
* stick/sticking/sticks/stuck/unstuck/sticker/stickers
* still/stiller/stillest/stillness/stills/stilled/stilling
* stop/stopped/stopping/stops/unstoppable/stoppage/
stoppages/stopper/stoppers
* story/stories
* straight/straighten/straightener/straighteners/

straightened/unstraightened/straightening/straightens/
straighter/straightest

* strategy/strategic/strategies/strategically/strategist/
strategists

* street/streets/st.

* strike/strikes/striking/strikingly/struck/striker/strikers

* strong/stronger/strongest/strongly

* structure/restructure/restructured/restructures/
restructuring/structural/structurally/structured/structures/
structuring/unstructured/structuralism/structuralisms/
structuralist

* student/students

* study/studied/studies/studying/studious/studiously

* stuff/stuffs/stuffing/stuffed

* stupid/stupidity/stupidly/stupidest/stupider

* subject/subjected/subjecting/subjects/subjection/
subjections

* succeed/succeeded/succeeding/succeeds/
success/successes/successful/successfully/unsuccessful/
unsuccessfully

* such/sudden/suddenly/suddenness

* suggest/suggested/suggesting/suggestion/suggestions/
suggests/suggestive/suggestiveness/suggestively

* suit/suits/suiting/suited/suitability/suitable/suitably/
unsuited/unsuitable

* summer/summers/midsummer/summery/summered/
summering

* sun/sunlight/sunny/suns/sunshine/sunned/sunning
* sunday/Sundays
* supply/supplied/supplier/suppliers/supplies/supplying
* support/supported/supporter/supporters/supporting/supports/supportive/unsupported
* suppose/supposed/supposedly/supposes/supposing
* sure/surely/sureness/surer/surest/unsure
* surprise/surprised/surprises/surprising/surprisingly/unsurprising/unsurprised/unsurprisingly
* switch/switched/switches/switching
* system/systematic/unsystematic/unsystematically/systems/systematically/subsystem/subsystems

* table/tablecloth/tables/tabled/tabling
* take/taken/takes/taking/takings/took/taker/takers
* talk/talked/talking/talks/talker/talkers
* tape/taped/tapes/taping
* tax/taxes/taxed/taxing/taxpayer/taxpayers/taxation/taxable/nontaxable/untaxed
* tea/teas
* teach/taught/teacher/teachers/teaches/teaching/teachings
* team/teamed/teaming/teams
* telephone/telephoning/telephones/telephoned/phones/phoning/phoned/phone/tel.

* television/televisions/TV/telly/tellies
* tell/retell/retelling/telling/tells/told/untold
* ten/tens/tenth/tenths
* tend/tends/tended/tending/tendency/tendencies
* term/terms/termed/terming
* terrible/terribly
* test/tested/untested/testing/tests/tester/testers/ testable/untestable/retest/retested/retests/retesting
* than/thank/thanks/thanking/thankfully/thankful/ thankless/thanked
* the/then/there/therefore/they/their/theirs/them/em/ themselves
* thing/things/thingy/thingies
* think/thinking/unthinkable/thinks/thought/thoughts/ thoughtful/thoughtfully/thoughtfulness/unthought/ unthinking/unthinkingly/thoughtless/thoughtlessly/ thoughtlessness/thinker/thinkers/rethink/rethought/ rethinks/rethinking
* thirteen/thirteenth/thirteenths
* thirty/thirties/thirtieth/thirtieths
* this/these/those/that
* though/tho
* thousand/thousands/thousandth/thousandths
* three/threes/third/thirdly/thirds
* through/throughout
* throw/threw/throwing/thrown/throws/thrower/ throwers

* Thursday/Thurs./Thursdays
* tie/untied/untie/tying/ties/tied/unties/untying
* time/timer/times/timeless/timely/timing/timed/untimed
* to/today/together/togetherness
* tomorrow/tomorrows
* tonight/too/top/topped/untopped/topping/tops/topless
* total/totaled/totaling/totalled/untotalled/totalling/totally/totals/totality
* touch/touched/touches/touching/untouched/touchable/untouchable/untouchables
* toward/towards
* town/towns
* trade/traded/trades/trading/trader/traders
* traffic/train/trained/trainer/untrained/trainers/training/trains/trainee/trainees
* transport/transportation/transported/transporter/transporters/transporting/transports
* travel/traveled/traveling/travelled/traveller/travellers/travelling/travels/traveler/travelers
* treat/treats/treating/treated/treatable/untreated/treatment/treatments/pretreatment
* tree/trees/treeless
* trouble/troubled/untroubled/troubles/troubling/troublesome/troublemaker/troublemakers
* true/truthful/truthfully/truth/truest/truer/truism/

truisms/truthfulness/truly/truths/untrue/untruth/untruthful/
untruthfully/untruths/untruthfulness

* trust/trusted/trusting/entrust/entrusted/entrusting/
entrusts/trusts/trusty/trustier/trustiest
* try/tried/untried/tries/trying
* Tuesday/Tues./Tuesdays
* turn/turned/turning/turns
* twelve/twelves/twelfth/twelfths
* twenty/twenties/twentieth
* two/twice/twos
* type/typed/types/typing/typist/typists/subtype/
subtypes

* under/underneath
* understand/understanding/understandings/
understands/understood/understandable/understandably/
misunderstand/misunderstands/misunderstood/
misunderstanding/misunderstandings
* union/unions/unionist/unionists/unionism/unionisms
* unit/units/subunit/subunits
* unite/united/unites/uniting/unity/reunite/reunites/
reunited/reuniting
* university/universities
* unless/until/til/till
* up/ups/upside
* upon/use/misused/misuse/misusing/misuses/

misuser/misusers/used/unused/useful/usefulness/useless/
uselessness/uselessly/uses/using/usefully/user/users/
usable/usability/unusable/reuse/reuses/reused/reusing

* usual/usually/unusual/unusually

* value/valuable/valuables/valuation/revalues/
revalued/revaluing/revaluation/revaluations/valuations/
valued/valuer/valueless/values/valuing/invaluable/
invaluably

* various/variously
* very/video/videoed/videoing/videos
* view/viewed/viewing/views/viewer/viewers
* village/villager/villagers/villages
* visit/visited/visiting/visitor/visitors/visits/visitation
* vote/voted/voter/voters/votes/voting

* wage/wages/unwaged/waged/waging
* wait/waited/waiting/waits/waiter/waiters/waitress/
waitresses
* walk/walked/walking/walks/walker/walkers/
walkable
* wall/walled/walls
* want/wanted/wanting/wants/unwanted/wanna
* war/warred/warring/wars
* warm/warms/warmly/warming/warmed/warmth/

warmer/warmest

 * wash/washed/washes/washing/unwashed/washer/washers/washable/unwashable

 * waste/wasted/wastes/wasting/wasteful/wastefully/wastage/wastages

 * watch/watched/watches/watching/watcher/watchers

 * water/watered/waters/watering/watery/waterier/wateriest/wateriness

 * way/ways

 * we/our/ours/ourselves/us

 * wear/wearing/wears/wore/worn/unworn/wearable/unwearable/wearer/wearers

 * Wednesday/Wednesdays

 * wee/week/weekend/weekends/weekly/weeks/midweek/midweekly

 * weigh/weights/weight/weighs/weighing/weighed/unweighed/weighted/weighting/weightings/weightless/weightlessness

 * welcome/welcomed/welcomes/welcoming/unwelcome

 * well/unwell

 * west/westerly/westerlies/westward/westwards/midwest/midwestern

 * what/whatever/wot/whatcha/whaddya

 * when/whenever

 * where/wherever

 * whether/which/whichever

* while/whilst

* white/whiteness/whiter/whitest/whitish/whites/
whiten/whitening/whitens/whitened/whitener/whiteners

* who/whoever/whom/whose

* whole/wholes/wholeness/wholly/wholistic/
wholistically

* why/wide/widely/widen/widens/widened/wideness/
widening/wider/widest/width/widths

* wife/wives

* will/ll/wo/willing/willingness/unwillingness/
willingly/unwilling/unwillingly/willed

* win/winner/winners/winning/winnings/wins/won

* wind/winded/winds/windy

* window/windows/windowless

* wish/wished/wishes/wishing

* with/wit

* within/without/woman/women/womanly

* wonder/wondered/wonderful/wondering/
wonderingly/wonders/wonderfully/wondrous/wondrously/
wonderment

* wood/woods/wooden/woodland/woodlands/woody

* word/words/worded/wording/wordy/wordless/
wordlessly

* work/worked/worker/workers/working/workings/
works/workman/workmen/workable/unworkable

* world/worlds/worldly/unworldly/worldliness/
unworldliness

* worry/worrying/worries/worried/worriedly/
worryingly/worriedness
* worse/worst
* worth/worthy/worthier/worthiest/unworthy/worthless
* would/wouldn't
* write/writer/writers/writes/writing/writings/written/
unwritten/wrote/rewrite/rewrote/rewritten/rewrites/
rewriting/rewrit
* wrong/wronged/wronging/wrongs/wrongly/
wrongful/wrongfulness/wrongfully

X

（說過了，沒有就是沒有，我也沒辦法。不服氣的話請直接
去找**BNC**！）

Y

* year/years/yearly/yr./yrs./yearling/yearlings
* yes/yeses/ya/yah/yeah/yeh/yea/yep/yup
* yesterday/yesterdays
* yet/you/your/yourselves/yourself/yours/ye/yer/
yerself
* young/younger/youngster/youngest/youngsters/
youngish/

Z

（就算擴大到1,000字，Z也還是沒有能上榜的，真是很寒酸
的字母啊！）

第三階段：十種對亞洲人尷尬場合的專用英語

　　究竟要如何才能不違背亞洲人與生俱來的圓融，又不會在言語的戰場上被佔盡便宜，攻打得落花流水，片甲不留？

　　在能夠順利的轉換語言的邏輯之前，最簡便速成的方法，就是按照以下十個類別，記得一些名言，用來專門面對難以應對的問題，或是在思考還不夠周全，但又不得不說些什麼「聽起來」很有道理的場合運用。

1 評斷他人的場合（Judgement）

"Judge a man by his questions rather than by his answers." --Voltaire

要判斷一個人，從他問的問題，比聽他說出來的答案更重要。

"I have long since come to believe that people never mean half of what they say, and that it is best to disregard their talk and judge only their actions." --Dorothy Day

我長久以來都相信人說出口的話起碼有一半言不由衷，所以最好別聽其言，只觀其行。

"You can't depend on your judgment when your imagination is out of focus" --Mark Twain

當你的想像力無法集中時，你就無法相信自己的判斷。

"Judge a tree from its fruit, not from its leaves."

--Euripides

判斷一棵樹看的是果實，而不是葉子。

"If you judge, investigate." --Seneca

如果要判斷，就下工夫調查。

"We judge ourselves by what we feel capable of doing, while others judge us by what we have already done." --Henry Wordsworth Longfellow

我們依自己覺得能做到什麼來判斷自己，但他人卻以我們做了些什麼來判斷我們。

"When personal judgment is inoperative（or forbidden）, men's first concern is not how to choose, but how to justify their choice." --Ayn Rand

當我們無法做出個人判斷的時候，第一個考慮的並不是如何去選擇，而是如何去自圓其說。

2 遇到極限的場合（Limitation）

"Art consists of limitation. The most beautiful part of every picture is the frame." --G. K. Chesterton

藝術是由極限所組成，是故每幅畫作最美的部分都在框架之內。

"When we get to wishing a great deal for ourselves, whatever we get soon turns into mere limitation and exclusion." --George Eliot

當我們對自我期望太高時，無論達成什麼都一下就成了限制和滯礙。

"The limitation of riots, moral questions aside, is that they cannot win and their participants know it. Hence, rioting is not revolutionary but reactionary because it invites defeat. It involves an emotional catharsis, but it must be followed by a sense of futility." --Martin Luther King

若不考慮肉身的問題，暴動的極限，在於參與者不可能贏，而且每個人都知道，因此，暴動不是革命，而是一種反應，因為它迎接失敗。它牽涉到情緒上的疏洪，但也必然伴隨著無力感。

"There are no limitations to the mind except those we acknowledge." --Napolean Hill

心智唯一的極限就是我們的認知。

"I seldom think about my limitations, and they never make me sad. Perhaps there is just a touch of yearning at times; but it is vague, like a breeze among flowers." --Helen Keller

我很少去想到我的極限，也很少因此而沮喪，或許有時就像打哈欠，但是極為模糊。

"The man with insight enough to admit his limitations comes nearest to perfection." --Johann Wolfgang von Goethe

能承認自己極限者距離完美也最近。

"The marvelous richness of human experience would lose something of rewarding joy if there were no limitations to overcome. The hilltop hour would not be half so wonderful if there were no dark valleys to traverse."
--Helen Keller

若無極限需要克服，人類經驗就失去了最美的豐富性，彷彿沒有幽暗的山谷，讓攻頂失去了勝利的喜悅。

"The superior man is distressed by the limitations of his ability; he is not distressed by the fact that men do not recognize the ability that he has." --Confucius

"Learning too soon our limitations, we never learn our powers." --Mignon McLaughlin

太快認識自己的極限，就來不及認識我們的力量。

"The greatest intelligence is precisely the one that suffers most from its own limitations." --Andre Gide

最偉大的智慧也最受極限之苦。

3 提醒對方尊重的場合（Respect）

"The best thing to give to your enemy is forgiveness; to an opponent, tolerance; to a friend, your heart; to your child, a good example; to a father, deference; to your mother, conduct that will make her proud of you; to yourself, respect; to all men, charity." --Benjamin Franklin

給敵人最好的東西是原諒，對方看到容忍，朋友看到你有心，孩子看到好榜樣，父母引以爲榮，對你自己是尊重，對全人類是悲憫。

"Men are respectable only as they respect." --Ralph Waldo Emerson
敬人者，人恒敬之。

"Being brilliant is no great feat if you respect nothing." --Johann Wolfgang von Goethe
如果不懂尊重，再聰明也沒用。

"A youth is to be regarded with respect. How do you know that his future will not be equal to our present?" --Confucius

"Only those who respect the personality of others can be of real use to them." --Albert Schweitzer

"Is there no respect of place, persons, nor time in you?" --William Shakespeare

"He who wants a rose must respect the thorn." --Unknown
想要玫瑰的人必得能尊重玫瑰的刺。

"If one doesn't respect oneself one can have neither

love nor respect for others." --Ayn Rand

不自重者，無法去愛或尊重他人。

4 批評的場合（Criticism）

"The man who is anybody and who does anything is surely going to be criticized, vilified, and misunderstood. This is part of the penalty for greatness, and evey man understands, too, that it is no proof of greatness." --Elbert Hubbard

只要是號人物只要做點事，就必然會被批評、檢視、誤會。這是優秀的代價之一，但要知道這並不是優秀的證據。

"To avoid criticism, do nothing, say nothing, be nothing." --Elbert Hubbard

不想被批評，就什麼都別做、別說，當個什麼都不是的人。

"Criticism is prejudice made plausible." --H. L. Mencken

批評是讓人讚許的偏見。

"Criticism may not be agreeable, but it is necessary. It fulfils the same function as pain in the human body. It calls attention to an unhealthy state of things." --Winston Churchill

批評或許不得人心，但卻是必要的。它填補了人體對痛苦的需要，讓我們對病態產生注意。

"Any fool can criticize, condemn, and complain but it

takes character and self control to be understanding and forgiving." --Dale Carnegie

任何呆子都會批評，抨擊、抱怨，但要有個性和自制，才能理解與諒解。

"He has a right to criticize, who has a heart to help." --Abraham Lincoln

有心幫助的人才有資格批評。

"One mustn't criticize other people on grounds where he can't stand perpendicular himself." --Mark Twain

"Criticism is something we can avoid easily by saying nothing, doing nothing, and being nothing." --Aristotle

要避免批評很容易，不說、不做什麼都不是，這樣就行了。

"It is easier to be critical than correct." --Benjamin Disraeli

批評比正確決定來得容易。

"I criticize by creation, not by finding fault." --Marcus Tullius Cicero

我的批評是創造出來的，而不是去找錯。

5 受苦吃虧的場合（Suffering）

"Deep unspeakable suffering may well be called a baptism, a regeneration, the initiation into a new state."

--George Eliot

"The world is full of suffering, it is also full of
overcoming it."--Helen Keller
世界充滿苦痛，也因此充滿戰勝。

"If you are distressed by anything external, the pain
is not due to the thing itself, but to your estimate of it;
and this you have the power to revoke at any moment."
--Marcus Aelius Aurelius

"It is better to suffer wrong than to do it, and happier
to be sometimes cheated than not to trust." --Dr. Samuel
Johnson
受不該受的苦勝於做不該做的事，有時被騙比不能信任來得
快樂。

"The heart was made to be broken." --Oscar Wilde
心是為了心碎而存在的。

"To become a spectator of one's own life is to escape
the suffering of life." --Oscar Wilde

"To love is to suffer. To avoid suffering, one must not
love. But then, one suffers from not loving. Therefore, to
love is to suffer; not to love is to suffer; to suffer is to suffer.
To be happy is to love. To be happy, then, is to suffer, but

suffering makes one unhappy. Therefore, to be happy, one must love or love to suffer or suffer from too much happiness." --Woody Allen

愛即是苦。為了避免受苦，就得不去愛。但是這樣的話，又會因不愛而苦。因此，愛也苦，不愛也苦，苦當然也苦。但痛苦讓人不快樂，所以為了快樂，就要去愛，去享受苦，或為了太過幸福而苦。

"If you suffer, thank God! It is a sure sign that you are alive." --Elbert Hubbard

如果你受苦，那真要感謝老天爺，因為這表示你真真實實活著。

"He who suffers much will know much." --Greek Proverb

吃苦多的人較能洞悉世事。

"Man suffers most from the suffering he fears, but never appears, therefore he suffers more then God meant him to suffer." --Dutch Proverb

人在恐懼中最苦，真的面臨時反而沒那麼苦，因此人受著比神要人愛的苦更大。

"Suffering is but another name for the teaching of experience, which is the parent of instruction and the schoolmaster of life." --Horace

"What is deservedly suffered must be borne with calmness, but when the pain is unmerited, the grief is resistless." --Ovid

"Suffering produces endurance, and endurance produces character, and character produces hope." --Romans 5：3-4, The Bible
受苦讓人有耐力，耐力培養出個性，而個性帶來希望。

"Suffering becomes beautiful when anyone bears great calamities with cheerfulness, not through insensibility but through greatness of mind." --Aristotle

"The person who grieves suffers his passion to grow upon him; he indulges it, he loves it; but this never happens in the case of actual pain, which no man ever willingly endured for any considerable time." --Edmund Burke

6 拆穿謊言的場合（Lying）

"There are three kinds of lies : lies, damned lies and statistics." --Benjamin Disraeli
世上有三種謊言：謊話、該死的謊話，以及統計數字。

"You can fool some of the people all of the time, and all of the people some of the time, but you can not fool all of the people all of the time." --Abraham Lincoln
你或可一直欺瞞某些人，也或可偶爾騙過所有人，但你不可

能永遠欺騙過所有人。

"Always tell the truth. That way, you don't have to remember what you said." --Mark Twain
永遠說真話,這樣你就不用記得自己說過什麼。

"When in doubt, tell the truth." --Mark Twain
當有所懷疑時,就實話實說吧!

"He who permits himself to tell a lie once, finds it much easier to do it a second and third time, till at length it becomes habitual." --Thomas Jefferson
容許自己說一次謊話,就會容易說出第二次、第三次,最後就成了習慣。

"So near is falsehood to truth that a wise man would do well not to trust himself on the narrow edge." --Marcus Tullius Cicero
真假之間只有一線之隔,一個智者不會容許自己有絲毫差池。

"Dare to be true : nothing can need a lie; A fault which needs it most, grows two thereby." --George Herbert

"Sin has many tools, but a lie is the handle that fits the all." --Oliver Wendell Holmes
眾惡有許多工具,但謊言卻是所有工具的把手。

"A lie with a purpose is one of the worst kind, and the most profitable." --Josh Billings

一個有目的的謊言是最糟的謊言，也是最有利可圖的。

"A man would rather have a hundred lies told of him than one truth which he does not wish should be known." --Dr. Samuel Johnson

有人寧可聽一百個謊話，也不願知道一個事實。

"A lie which is half a truth is ever the blackest of lies." --Alfred Lord Tennyson

半眞假的謊言是最黑暗的謊言。

"The cruelest lies are often told in silence." --Robert Louis Stevenson

最殘酷的謊言通常是沉默。

"It is hard to tell if a man is telling the truth when you know you would lie if you were in his place." --H. L. Mencken

如果你知道換成對方的立場你會說謊，那你就很難知道對方說的究竟有幾分眞實。

"Lying is done with words and also with silence." --Adrienne Rich

說謊可以是說出來的，也可以是沉默的。

"The most common lie is that which one lies to himself; lying to others is relatively an exception." --Friedrich Wilhelm Nietzsche

最常見的謊言通常是自欺，欺騙別人相對是例外情形。

"He who is not very strong in memory should not meddle with lying." --Michel Eyquem de Montaigne

記憶力不好的人最好別說謊話。

"DIPLOMACY : The patriotic art of lying for one's country." --Ambrose Bierce

"I do myself a greater injury in lying than I do him of whom I tell a lie." --Michel Eyquem de Montaigne

當我說謊時我傷害自己更甚於我說謊的對象。

7 遭遇挑戰的場合（Challenge）

"Accept the challenges so that you may feel the exhilaration of victory." --Gen George Patton

"Opportunities to find deeper powers within ourselves come when life seems most challenging." --Joseph Campbell

當人生遭逢最大困境時，我們越能找到內在的力量。

"The greatest challenge to any thinker is stating the

problem in a way that will allow a solution." --Bertrand Russell

對一個有頭腦的人，最大的挑戰是把一個問題說得彷彿無解。

"Time on its back bears all things far away - Full many a challenge is wrought by many a day - Shape, fortune, name, and nature all decay." --Plato

"It is time for us all to stand and cheer for the doer, the achiever - the one who recognizes the challenge and does something about it." --Vince Lombardi

讓我們為行動者喝采，他們體認到挑戰，而且採取了行動。

"Don't be a cynic and disconsolate preacher. Don't bewail and moan. Omit the negative propositions. Challenge us with incessant affirmatives." --Ralph Waldo Emerson

"Leadership is the challenge to be something more than average." --Jim Rohn

領導是對平凡的挑戰。

"These are times in which a genius would wish to live. It is not in the still calm of life, or in the repose of a pacific station, that great challenges are formed. . . . Great necessities call out great virtues." --Unknown

8 遇到對手沒常識的場合（Common Sense）

"Common sense is the knack of seeing things as they are, and doing things as they ought to be done." --Harriet Elizabeth Beecher Stowe

"Common sense is the collection of prejudices acquired by age eighteen." --Albert Einstein

所謂常識其實是十八歲以前偏見的總和。

"The philosophy of one century is the common sense of the next." --Henry Ward Beecher

一個時代的哲思，只是下一個時代的常識。

"Common sense ain't common." --Will Rogers

常識並不平常。

"Common sense is not so common." --Voltaire

常識並不平常。

"Common sense is genius dressed in its working clothes." --Ralph Waldo Emerson

常識是穿著工作服的天才。

"I can never fear that things will go far wrong where common sense has fair play." --Thomas Jefferson

如果運用常識，我從不擔心會出大問題。

"The three great essentials to achieve anything worth while are, first, hard work; second, stick-to-itiveness; third, common sense." --Thomas A. Edison

9 彼此退讓一步的場合（Compromise）

"A lean compromise is better than a fat lawsuit."
--George Herbert
一點小讓步總比一個大官司好。

"The compromise will always be more expensive than either of the suggestions it is compromising." --Arthur Bloch

"It is the weak man who urges compromise--never the strong man." --Elbert Hubbard
提議讓步的通常是弱者──從不曾是強者。

"Real life is, to most men, a long second-best, a perpetual compromise between the ideal and the possible but the world of pure reason knows no compromise, no practical limitations, no barrier to the creative activity."
--Bertrand Russell

"All government, indeed every human benefit and enjoyment, every virtue, and every prudent act, is founded on compromise and barter." --Edmund Burke
所有政府，甚至所有人的福利與享受，每個正義的法案，都

是妥協跟交換的結果。

"Compromise used to mean that half a loaf was better than no bread. Among modern statesmen it really seems to mean that half a loaf is better than a whole loaf." --G. K. Chesterton
妥協本來的意見是半條麵包總比沒有麵包好，但現今的政客卻將其扭曲成半條麵包比一整條來得好。

"If you are not very clever, you should be conciliatory." --Benjamin Disraeli

"The 'morality of compromise' sounds contradictory. Compromise is usually a sign of weakness, or an admission of defeat. Strong men don't compromise, it is said, and principles should never be compromised." --Andrew Carnegie

"Virtue knows that it is impossible to get on without compromise, and tunes herself, as it were, a trifle sharp to allow for an inevitable fall in playing." --Samuel Butler

"Discourage litigation. Persuade your neighbors to compromise whenever you can. As a peacemaker the lawyer has superior opportunity of being a good man. There will still be business enough." --Abraham Lincoln

"Compromise makes a good umbrella, but a poor roof; it is temporary expedient, often wise in party politics, almost sure to be unwise in statesmanship." --James Russell Lowell

"If you set out to be liked, you would be prepared to compromise on anything at any time, and you would achieve nothing." --Margaret Hilda Thatcher

"You know what the Englishman's idea of compromise is? He says, Some people say there is a God. Some people say there is no God. The truth probably lies somewhere between these two statements." --William Butler Yeats

10 小心為妙的場合（Caution）

"Of all forms of caution, caution in love is perhaps the most fatal to true happiness." --Bertrand Russell
在謹慎的各種形式之中，在愛情中謹慎恐怕是幸福的最大剋星。

"Caution is the eldest child of wisdom." --Victor Hugo
謹慎是智慧的長子。

"Caution is not cowardly. Carelessness is not courage." --Unknown
謹慎並非怯懦，不慎絕非勇敢。

"I don't like these cold, precise, perfect people, who, in order not to speak wrong, never speak at all, and in order not to do wrong, never do anything." --Henry Ward Beecher
我不喜歡那些冰冷、精確、完美的人。為了不說謊話，乾脆不說，為了不做錯事，乾脆什麼都不做。

"The chief danger in life is that you may take too many precautions." --Alfred Adler
人生最大的危險，莫過於太謹慎。

"Hasten slowly." --Unknown
急事緩辦。

"Of all the thirty-six alternatives, running away is best." --Chinese Proverb
三十六計走為上策。

"I have lived in this world just long enough to look carefully the second time into things that I am the most concerned of the first time." --Josh Billings

"If you wish to succeed in life, make perseverance your bosom friend, experience your wise counselor, caution your elder brother, and hope your guardian genius." --Joseph Addison

"Distrust and caution are the parents of security."

--Benjamin Franklin

不信任與謹慎是安全的雙親。

"Caution is the confidential agent of selfishness."
--Woodrow Wilson

謹慎是自私的祕密打手。

（註：你一定注意到了，第三階段的名言裡，有些褚士瑩有譯出、有些則沒有。偷偷告訴你，有譯出的名言，是褚士瑩特別喜愛的喔！）

第四階段：學144個有點難但閃閃發光的單字

這144 個對於提升英語力超有用的字彙，是專業上所謂的（TOP 144 SAT Words），除非你每個禮拜看《Economist》經濟學人雜誌，早上起來就看CNN或BBC新聞，否則用得到的人還真的不是很多（如果比喻成金字塔頂端的1%，會不會比較能激起學習的欲望呢），除非專業上需要不時拿出很厲害的字彙來嚇人，否則一般人是用不太到的啦！（此為激將法）

1-25

abject, abstract, acrimonious, acumen, aesthetic, affinity, affluence, alacrity, analogous, apathy, arbitrary, benevolent, candid, capricious, clairvoyant, chicanery, cognizant, complacent, compulsory, conciliatory, conjecture, conspicuous, deleterious, destitute, deviate

26-50

devious, diligent, discernible, disdain, disparage, disseminate, diverse, dogmatic, eccentric, emulate, enigma, epiphany, erudite, expedite, exonerate, extricate, facetious, fallacious, fortuitous, futile, gratuitous, hackneyed, homogeneous, impeccable, impervious

51-75

impetuous, incessant, incorrigible, indifferent, indolent, incognito, inevitable, innocuous, inquisitive, insatiable, insidious, integrity, jocular, judicious, kindle, kinetic, lethargy, loquacious, ludicrous, lugubrious, meticulous, mitigate, morose, mundane, nihilism

76-100

novice, obscure, obsequious, oscillate, ostensible, ostentatious, palpable, pandemonium, paradigm, penitent, pertinent, plausible, precipitous, precocious, prerogative, prevaricate, propensity, provocative, querulous, quiescent, recalcitrant, ramification, rapacious, recant, reclusive

101-125

recrimination, rectify, redolent, redundant, refutable , regressive, relegate, relinquish, remonstrate, reparation, replenish, repose, reprehensible, repudiate, requisite, resilient, resolute, reticent, reverence, rigorous, rudimentary, sanguine, scrutinize, sedentary, soporific

126-144

spontaneous, squander, stringent, succinct, superficial, surreptitious, terse, theoretical, truncate, ubiquitous, unctuous, unobtrusive, unscrupulous, vacuous, vindictive, virulent, wanton, xenophile, zenith

　　我明白沒有人喜歡背單字，但是如果你真的已經走到了這種高處不勝寒的地步（TOEIC 899分或是已經被選為CNN亞洲首席特派員之類的），與其臨門一腳，留下英語學習中一絲絲遺憾，

不如老老實實把這144個字背下來吧！

這裡有個比較不吃力的記憶方法，跟大家分享：

第一步：

將分成六組的這144個字記錄在可以隨身攜帶的資料卡上面。

第二步：

每個不熟悉的新字至少要經過三遍的反覆記憶，才能夠長期留在腦中，所以前7天，每天背21個字（不要按照字母順序從A開始背，最好是每一組開頭選三個就好），將144個字都先背誦過一遍後，第二遍花4天，第三遍花2天，就會有相當好的效果。

第三步：

將學過的字彙，大量運用在生活簡短的表達中，而不要背誦整個句子，增加負擔，也不要去記憶一個詞的多重意思，只要記憶其中最主要的就可以了。

學習如何正確使用這144個字，可以幫助無論在正式場合說話，或是書寫的時候，大幅提升內容的品質，這些字並不是像托福字彙那樣冷僻、古怪，讓人用來賣弄，而是實際上正式場合每天都會派上用場的實用字，可以的話，製作成為字卡，隨身攜帶，直到自然而然能夠在日常使用為止。

就算沒有辦法記得144個，就算只熟練使用其中44個字，也絕對可以在任何正式場合讓人刮目相看。

跟著元氣地球人褚士瑩
一起環遊世界吧！

年輕就開始環遊世界
定價250元

年輕人給自己一份最好的人生禮物，
就是用自己的眼睛和雙腳去認識世界！

世界離你並不遠
褚士瑩給你41個樂活計劃
定價200元

褚士瑩付出源源不絕的感性，
發掘城市生活裡最自然平凡的單純幸福！

繞著地球找房子
定價220元

生活在這些「房子」裡，褚士瑩體會了身為地球人的快樂，
而得到這些快樂的方法，其實很單純，也很簡單：
去實現你腦子裡想做的事，就對了……

找自己去旅行
定價230元

旅行的過程，就像是吃到一頓傳說中的盛宴，
或許美食並不如想像，但後悔絕對不會有。

旅行教我的十一堂課
定價220元

旅行是最容易的實踐的夢想，
旅行也可以是全家人一起成長的方式！

元氣地球人
──從飛機到公車
定價220元

無論搭乘任何交通工具，到達什麼目的地，
移動，就是一種自由和樂趣！

元氣地球人
定價220元

不管年紀有多大？地方有多遠？時間多有限？
只要元氣滿滿，地球角落處處有驚喜，生命充滿好奇，幸福無處不在！

國家圖書館出版品預行編目資料

地球人的英語力 / 褚士瑩著.——初版——臺北市：
大田，民99.01
面；公分.——（Creative；009）

ISBN 978-986-179-158-6（平裝）

1.英語 2.學習方法

805.1   98022859

Creative 009

地球人的英語力

褚士瑩◎著

發行人：吳怡芬
出版者：大田出版有限公司
台北市106羅斯福路二段95號4樓之3
E-mail:titan3@ms22.hinet.net　http://www.titan3.com.tw
編輯部專線（02）23696315　傳眞（02）23691275
【如果您對本書或本出版公司有任何意見，歡迎來電】
行政院新聞局版台業字第397號
法律顧問：甘龍強律師

總編輯：莊培園
主編：蔡鳳儀　編輯：蔡曉玲
企劃行銷：蔡雨蓁　網路行銷：陳詩韻
校對：陳佩伶／謝惠鈴
承製：知己圖書股份有限公司·（04）23581803
初版：二〇一〇年（民99）一月三十日　定價：新台幣270元
總經銷：知己圖書股份有限公司　郵政劃撥：15060393
（台北公司）台北市106羅斯福路二段95號4樓之3
電話：(02)23672044／23672047·傳眞：(02)23635741
（台中公司）台中市407工業30路1號
電話：(04)23595819·傳眞：(04)23595493
國際書碼：978-986-179-158-6／CIP：805.1／98022859

閱讀是享樂的原貌，閱讀是隨時隨地可以展開的精神冒險。

因為你發現了這本書，所以你閱讀了。我們相信你，肯定有許多想法、感受！

讀 者 回 函

你可能是各種年齡、各種職業、各種學校、各種收入的代表，

這些社會身分雖然不重要，但是，我們希望在下一本書中也能找到你。

名字 / _____ 性別 / □女 □男　　出生 / _____ 年 _____ 月 _____ 日

教育程度 / _____

職業：□學生　　　　□教師　　　　□內勤職員　　□家庭主婦

　　　□ SOHO族　　□企業主管　　□服務業　　　□製造業

　　　□醫藥護理　　□軍警　　　　□資訊業　　　□銷售業務

　　　□其他 _____

E-mail/ _____ 電話/ _____

聯絡地址： _____

你如何發現這本書的？　　　　　　　　　　書名：地球人的英語力

□書店閒逛時 _____ 書店 □不小心在網路書站看到（哪一家網路書店？）_____

□朋友的男朋友（女朋友）灑狗血推薦 □大田電子報或網站

□部落格版主推薦 _____

□其他各種可能，是編輯沒想到的 _____

你或許常常愛上新的咖啡廣告、新的偶像明星、新的衣服、新的香水……

但是，你怎麼愛上一本新書的？

□我覺得還滿便宜的啦！□我被內容感動 □我對本書作者的作品有蒐集癖

□我最喜歡有贈品的書 □老實講「貴出版社」的整體包裝還滿合我意的 □以上皆非

□可能還有其他說法，請告訴我們你的說法

你一定有不同凡響的閱讀嗜好，請告訴我們：

□哲學　　　□心理學　　□宗教　　　□自然生態 □流行趨勢 □醫療保健

□財經企管 □史地　　　□傳記　　　□文學　　　□散文　　　□原住民

□小說　　　□親子叢書 □休閒旅遊 □其他 _____

一切的對談，都希望能夠彼此了解，

非常希望你願意將任何意見告訴我們：

大田出版有限公司編輯部 感謝您！

To： **大田出版有限公司　編輯部收**

地址：台北市 106 羅斯福路二段 95 號 4 樓之 3
電話：(02) 23696315-6　傳真：(02) 23691275
E-mail：titan3@ms22.hinet.net

From：地址：＿＿＿＿＿＿＿＿＿＿＿＿＿＿＿＿＿＿＿＿＿

　　　　姓名：＿＿＿＿＿＿＿＿＿＿＿＿＿＿＿＿＿＿＿＿＿

※請沿虛線剪下，對摺裝訂寄回，謝謝！

大田精美小禮物等著你！

只要在回函卡背面留下正確的姓名、E-mail和聯絡地址，
並寄回大田出版社，
你有機會得到大田精美的小禮物！
得獎名單每雙月10日，
將公布於大田出版「編輯病」部落格，
請密切注意！

大田編輯病部落格：http://titan3.pixnet.net/blog/

智　慧　與　美　麗　的　許　諾　之　地